AQUARIUS

AQUARIUS

AQUARIUS

AQUARIUS

Vision

一些人物，
一些視野，
一些觀點，
與一個全新的遠景！

錫安媽媽

卓曉然——著

30年的準備，只爲你

他們都感動

沈淵瑤（台灣小兒神經醫學會理事長・中國醫藥大學教授）
林書煒（資深媒體人）
洪　蘭（中央大學認知神經科學研究所所長）
陳藹玲（富邦文教基金會董事）
彭蕙仙（作家）
楊玉欣（中廣流行網「角落欣世界」節目主持人）

（依姓名筆劃順序排列）

知名部落格格主動容推薦

◎遭逢苦難，歷經沈重的破碎與剝奪，仍能優雅、亮麗地展現才華並深刻反思生命的，就是神恩典的見證。錫安媽媽自幼多才多藝，認識她時她高二，其才貌雙全、意氣風發的特質即如錐處囊中。幾個重大的人生關口，她毅然做了抉擇，包括在部落格剖白的書寫，讓人看見她如何從自我觀照和澄清中成長，並與親友生命經驗的交織中，勇敢地重新建構人生。正如她父親送她的聖經節：「然而祂知道我所行的路，祂試煉我之後，我必如精金。」（約伯記23:10）

——歐秀慧，「泥窯中的Smile」版主，大葉大學通識教育中心專任講師、中山大學中文系博士候選人

◎看她的文字，像在看電影。從銀幕的這端看過去，她的文字恍如電影旁白，好似若無其事的喃喃對你細語，吐露著一些小事情：錫安的站，他走了十四步路，喜樂的拍手，以及，我自以為像呼吸一般理所當然的笑。每一件細瑣輕微雖屬日常卻極不容易，她攤開的同時，我們很輕易地就被帶入一齣彷如實境秀的電影劇情，然後發現，錫安的任一件小事，都需要用以拚鬥的氣力才掙得來。這些關乎生命無常，人情世故，事

業親情，真實且用不同的形式上演並試煉著每一個人。於是，這端的我，屏息著，嘆氣地，拍手叫好的，或哭或笑，觀看她與錫安一步一步緩緩走來的所有場景。當我離開銀幕，我知道我看的不只是人生的戲，而是見證一份力量，關於希望與愛的力量。

——小麥，「小麥的世界」版主

◎好久沒看到錫安，約了與錫安媽媽和錫安見面。只見一團歡樂向我衝來，是錫安！他撲到我身上，一個踉蹌，我倒坐在椅子上，他開心的大笑大叫，我也笑了。他一口雪白的牙齒，戴著眼鏡顯得好斯文，他一直笑一直笑，我知道他之可以這麼喜樂，原因無他——因為他有一個很棒的媽媽，保護著他，愛著他，等著他走第一步，等著他說第一句話，以無比的耐心與信心愛著他。我看著他，沒有想到「癲癇」、「特教」、「遲緩」等字眼，只想到「愛」、「希望」及「勇氣」，這是錫安教我的，也一再提醒我的，活著本就是恩典。

——獅子老師，「獅子老師的山居筆記」版主，著有《琴鍵上的教養課》、《當孩子最好的啟蒙導師》、《喜歡——掌握孩子主動學習的祕密》

◎我們有這寶貝放在瓦器裡，要顯明這莫大的能力是出於神，不是出於我們。（聖

經哥林多後書第四章第七節）

我常以為要完成優美的造句容易，但要書寫深刻的生命不易；文章裡要消費苦難不難，可是要陳述得有節制不易。對於家屬日復一日的生活，閱讀起來很快，但腦海中實際演練過一次，才發現每分每秒都是煎熬，要說出自己能夠「感同身受」其實不切實際。可是我要謝謝曉然，因為她，我才看得到「錫安與我」；因為有這樣實實在在的掙扎，我才看得到容器裡的寶貝，是怎麼樣透過瓦器裡，綻放出大能力。

——Bechild，「Travel with Me」版主，臨床醫師

◎還好那個站在九樓陽台上的女人沒有往下跳，不然哪裡來那麼多動人的好文章？

我得承認，自己對育兒書籍或網誌一向興趣缺缺，而錫安媽媽的文字卻讓人上癮。我在閱讀的過程中跟著他們母子一起哭、一起笑、一起披荊斬棘，跨過人生的難關，然後會突然意識到，這些「精采」的故事，全是現實生活累積而成的字字血淚。

書裡看不到埋怨自憐，錫安媽媽沒有時間傷春悲秋，她麻煩長頸鹿玩偶代她哀傷，因為做媽的得爭取時間睡覺，隔天才有體力繼續奮鬥。書裡不斷出現的，是一個身處困境的凡人，如何帶著幽默感走過每一段逆風的道路，誰會想到要加精油到因暴雨而溼透的鞋子裡，來個冷泡腳？

如果你跟我一樣，家裡或生活周遭沒有罕病兒童，如同錫安媽媽筆下的，「對病痛最糟的體驗，是孩子高燒三天不退；對疲憊最累的想像，是孩子整夜不睡又尿溼了整張床」，那麼你更應該閱讀這本書。

你會驚訝生命的無情，更會讚嘆一個母親的勇氣。

當然，不要怪我沒有事先提醒，閱讀時請自備一盒面紙。

——下流美，「下流美的下流世界」版主

◎對於有正常孩子的媽媽來說，養兒育女是階段性的任務，孩子振翅高飛的那一天，就此卸下責任，當孩子的啦啦隊即可；對養育罕病兒的媽媽來說，扛著兒子走下去卻是看不到終點的人生試煉。錫安媽媽忠實記錄下兒子錫安與不知名病魔奮戰的成長點滴，也書寫罕病兒母親的恐懼、悲憤、無奈與犧牲，以及，不斷的替自己加油打氣，展現在挫折裡越走越堅強的人生態度。

如果寫作是錫安媽媽的療傷儀式，那麼我們是最幸運的讀者。透過錫安媽媽細膩的文字，無私的分享在醫院與復健室裡動容的病童故事，我心疼的哭了、感動的笑了，體會著不及錫安媽媽千分之一的辛勞與心痛，一次又一次的感謝生命的可貴，對人類有限的能力心懷謙卑，對苦難中的勇氣、愛與幽默佩服得五體投地。這是一本充滿正面能量的好書，推薦給在自己人生道路上尋找更多勇氣的你和我。

——謝依伶，「紐約俏Mami」版主

【推薦序一】

他們所教我的

沈淵瑤（台灣小兒神經醫學會理事長・中國醫藥大學教授）

地球環境時常有許多無法預期的遽變。地震、海嘯、火山爆發、走山、太陽黑子爆、洪水、氣候強烈改變等，使得生物為了物種的延續，生命的基因就得朝一定的比例在每一個世代之間進行突變。

實際上，這種進行的突變沒有好壞。只是能幫助生物去適應新環境的，大家就認為是良性的基因突變。而與環境適應背道而馳的，大家就認為是壞的基因突變。由此看來，我們為何倒果為因，反而對那些不適應的基因定罪呢？

我們評估小孩子的發育有一套標準，這個標準就是在健康正常的小朋友中去排他的百分比順位。身高、體重、頭圍等等都有一個年齡基礎的百分順位，例如一個小胖子，他可能是同年齡組群中排百分比第二順位的（98％ile）。一個小個子可能在同年齡中，一百個人就有九十個人超過他（10％ile）。一個頭圍非常小的，在一百個人中可能只贏過兩個人（3％ile），就這樣生命的成長也不斷在做比較。從生命的第一天開始，似乎父母、小孩就開始承受在比較的壓力之下，這似乎是生命必然接受的一種宿命。

只是，高矮、胖瘦、美醜都僅限為可以承受的指標，但當涉及個體的生命缺陷、不可逆的疾病、肢體缺失、智能發育不足，以及一些先天遺傳的疾病，儘管每個人都知道罹病的人是無辜的，但是這種與生俱來的不可承受的重與痛，而且面對不可預期的未來，則有多少人能設身處地去感受而適當的反應呢？

尤其就在生命開始不久就被決定了一輩子的命運，對個人、對父母，那是何等沈重。個人在三十餘年的醫生生涯中，從事小兒腦神經疾病的醫療工作，我的服務對象，都是這些生命品質在後半段甚至末段班的小生命。我默默地陪著這些偉大而勇敢的父母，感受到人類最偉大的真，最偉大的善，以及最偉大的愛。我從父母、小朋友身上所學到的，千百倍於我能給他們的幫助。

站在醫療與預防的角度，有許多是我們可以做的。第一是預防，根據我們以前在馬偕醫院的統計，在有肢體或智能缺憾的小朋友中，有三分之一是來自於遺傳或母親在懷孕中，受到輻射線、感染、毒物、煙、酒等傷害影響而來。有三分之一是在生產過程中，受到傷害導致。有三分之一是在成長的過程中，因意外、受虐、感染、毒物所造成，因此，我們可以看出，其實有三分之二或更多的原因，可以經由人為的努力，去設法避免。

在治療、復健，早期療育評估與新生兒篩檢方面，政府與民間都可以做得更多，政府可以提供更多、更緊密的篩檢項目、監測制度。在時間、空間、次數上做更多的設計與改善。在民間可做更多的資訊提供、愛心輔助、守望相助，以人溺己溺的觀念去提供更多的協助。在無形中可提供家庭許多的協助，以及提供更多正確的資訊於醫療網站，讓父母可以適時得到正確的醫療訊息。

在疾病的教育訓練上，有人主張在小時候可以提供「能力提升」的訓練，加強小孩的能力。當小孩漸漸長大時，可以慢慢去尋找他的潛能、借勢幫助他發展，稱為「潛能開發」。在青春期，病人的病情與能力都呈現「定型」的時候，我們能為他們做的，最好就是早一些為他做「生涯規劃」。

面對眾多家長，他（她）們心中最大的隱憂與困擾，就是有一天當他們年紀大了，或老了時，誰來照顧這些小孩呢？這種在內心最深處的淒厲的呼喊，我們該如何答覆呢？我們沒有一個人可以答覆。這不是個人能夠承擔的責任即可！這是一個需要健全的社會福利的群體工作！我們必須思考把它視為社會國家的責任，視為社會福利安全的一部分，甚至是健保裡長期照護的一部分。唯有政府、健保的支持，才能有足夠的財源與人才，進行與日俱進的鞭策與進步。

曉然要我為她的新書寫序，我很榮幸。她由一位聰穎、活潑而靈慧的時尚女孩，走入家庭。然後面對多病的小兒，破碎的婚姻，以及接踵而來的生活重擔。遽變的人生並沒有使她沮喪，反而讓她孕育出更堅強的意志，並以平靜而內斂的語調，敘述著她不平靜的心境與生活的點點滴滴。我深深的佩服她，她與錫安教了我很多。相信這對母子的故事，能夠為許多在困境中的人，點亮一盞小燈。我誠摯的祝福他們。

【推薦序二】

母親是黑暗中的曙光

洪蘭（中央大學認知神經科學研究所所長）

這是一本令人感動的書，天下的父母都應該看。當你在抱怨孩子煩人，自己的生活都被打亂時，請讀一下這本書，你會發現一個正常的孩子是上天給你的福賜，你會感恩，你會惜福，你會不再抱怨。

作者是一個了不起的母親，我們一般人是不能想像家有一個殘障兒精神上的折磨，也不能想像每天陪著孩子去復健的辛苦，看了這本書，你才了解為什麼西諺說「上帝不能在每一個地方，所以他創造了母親」，只有母親才能在黑暗中看到一線曙光，希望是生命的動力，推著母親日復一日的往前走。

我們看到當心中有愛時，沒有什麼困難是不可克服的。從神經學的研究來看，早療和復健是會有效的，母親的辛苦有一天會有代價的。

祝福天下所有殘障兒的母親，你們是最偉大的母親。

【推薦序三】勇敢

彭蕙仙（作家）

面對兒子錫安「永遠」不會好的疾病，錫安媽媽說她學會了「勇敢」——但，「勇敢」從哪裡來，可以學習嗎？「永遠」從什麼時候開始，會有多長？

面對他人生命中的沉重議題，有時我們習慣於要一個輕省的答案，對於苦難折磨，我們不知不覺翻閱跳躍，直接跳到故事最後，想要找到一個結論：「看，他們克服問題了，他們度過難關了！」然後，我們就可以安心地再回到自己的人生裡。但蘇珊．桑塔格在《旁觀他人的痛苦》一書裡，顯然想要給我們一個當頭棒喝：冷漠的人啊，你如何忍心旁觀？

觀看別人的生命時，時間快轉，喜怒哀樂、起承轉合，本來綿延幽長，但我們抽離了蘊釀，於是有了旁觀者的疏離與冷漠；然而，以一種旁觀者的姿態將自己從他人的痛苦中隔離出來，其實並沒有那麼不堪不妥，因為徹底「客體化」的過程也是一種保護的機制，讓我們在觀看的同時不必同時陷落。如果人沒有了旁觀的意識與能力，事實上也就難以真正關懷，難以感同身受，因為等不到觀看「錫安媽媽」的書寫之前，我們早已灰飛煙滅過千百遍不止了。

在經歷過百轉千迴的人生變奏後，我們還能與錫安媽媽一起發出「此身雖在，堪驚！」的讚嘆訝異，豈不是因為我們保留了一種旁觀者的元氣，以待有朝一日，我們可以為錫安、為錫安媽媽流淚禱告、加油打氣嗎？

與觀看者快速瀏覽不同的是，在面對自己的痛苦，我們常常又好像是慢動作重播，放大局部、再三回顧，「繞樹三匝、何枝可依？」就是霸氣十足的曹操都有如此的喟嘆，因為「孤獨承受」是一切苦難的核心。幸而我們還有敘述。約伯不也忍不住「必由著自己述說我的哀情。」敘述，常常也是通往治療的路徑。敘述是受苦者非常重要的突圍策略，因為這讓人擺脫孤獨對抗人生的深沉無助。當錫安媽媽決定不要從九樓墜下時，她的第二個決定就是書寫。

書寫，就是敘述，敘述，一開始，彷彿只是在空山幽谷裡的一聲長嘆，為的只是敘述者確定自身的存在，本來並不一定期望應和，卻竟然聽到了遙遠處傳來的跫音，聲音愈來愈近、愈來愈多。然後，我們發現，原來人生就是敘述者的聲息相聞：你的故事、我的故事、他的故事，在那些深不見底的死蔭幽谷裡，我們透過故事相逢了。

錫安媽媽的故事不斷撞擊著我們的不只是錫安的病情，也不只是錫安媽媽意在言外卻力透紙背的悲涼婚姻，更是她在如何在苦難中建構的生命意義。知名的神經學和精神病學家法蘭克（Viktor E. Frankl）的「意義治療」是為傷心受苦的人找到活下去的理由，這理由就是擁有「生命的意義」。意義有各種不同的構面，簡而言之，就是「世界為我存留的與我為世界存留的總和。」以責任為核心、以信仰為半徑，所畫出來的那個圓，就是生命意義的軌跡。錫安的進步與退步，在醫院、學校、各個機構裡遇到的孩子和他們父母，一而再、再而三地幫助錫安媽媽把生命之圓畫得更清楚、更明確；一次又一次對上帝的叩問、與上帝的對話，擴張了這個圓的境界與範圍，終於到了有一天，錫安媽媽寫成了這本書，於是她與錫安的生命之圓就如同一圈一圈伸展的漣漪；然後，終於到了有一天，這個圓碰觸到了你我的生命之圓。

錫安媽媽的故事見證了法蘭克所引用的尼采的話說：「只有知道自己為何（why）而活的人，才能夠回應如何（How）活下去這個問題……生命中那些未能置我於死的一切，將讓我更加堅強。」這本書讓人在淚眼中屏息，在微笑中嘆息，並非只是因為錫媽媽文字很有感染力而已，我們更因此明白了：「為母則強」其實是一個母親對生命種種最深切坦誠的回應——原來，勇敢來自於怯懦，而永遠，就是此時此刻。

《聖經》〈以賽亞書〉五十一章三節說：「耶和華已經安慰錫安和錫安一切的荒場，使曠野像伊甸，使沙漠像耶和華的園囿；在其中必有歡喜、快樂、感謝，和歌唱的聲音。」錫安媽媽的書寫成為上帝親自的安慰，這安慰不只帶給錫安與媽媽，也是更多人的生命禮物；上帝並且應許：在這些生命之圓的路徑上，祂將預備豐盛、滴滿油脂。

願錫安平安，願媽媽喜樂。

30年的準備，只為你

目錄

醫生，一個又一個的醫生，坐在我對面搖著頭，他們說可能的因素有很多，但確切的原因不明。

其中一位更語重心長的勸我：「媽媽，不要再問為什麼了！把精力省下來，帶他去復健還比較有用。」

錫安教我的第一件事

錫安教我的第一件事，不是初為人母的喜悅，而是無能。

我可以身處一個千夫所指的環境，省下多費唇舌的解釋，不祈求別人的諒解或同情，忍耐他人的指指點點、鉤心鬥角，繼續跟那些誤會我的人共事並生活。

我可以背著登山包，獨自搭便宜的夜車在歐洲旅行。二等車廂髒亂陰暗，六人的坐鋪裡，我努力撐起沈重的眼皮不敢入睡，把行李緊緊抱在胸前，警戒地盯著對面五個高大微醺的男人。

我可以抱著丟掉飯碗的心態，硬著頭皮向憤怒的老闆承認整個失誤都來自於我。不是因為崇高的道德與勇氣，而是我沒有力氣去編織更多的謊言，長期欺騙是極大的壓力和折磨，長痛不如短痛，短痛是種解脫。誠實如同用力撕下皮膚上黏膩的ok繃，既然要痛，就猛然痛一次。

我不喜歡崩潰和逃避。為什麼？崩潰不會讓事情變得更好，逃避之後現實依然存在，倒不如咬牙撐過去。好的壞的，一切都會過去。

我可以做很多事，忍受很多情緒，可是才當母親的第一天，我卻沒辦法在孩子飢餓時擠出一滴奶。半夜三點，我起床餵母奶，拖著巨石般千斤重、疼痛不堪的上圍，走在醫院的長廊，每一步都是這麼沈重與疼痛，我走不快，憂心著孩子就要餓壞了，而我大概已經挫敗到要得產後憂鬱症了。

我可以提供解答。我不懂的，只要你給我一點時間，我一定用盡方法找出答案。但我沒辦法從醫生口中，知道孩子的病因到底是什麼。孩子患有癲癇、發展遲緩、腦葉還有個缺口，為什麼？他不能被歸類於任何症候群，為什麼？我懷孕時是否做錯什麼、吃錯什麼？

醫生，一個又一個的醫生，坐在我對面搖著頭，他們說可能的因素有很多，但確切的原因不明。其中一位更語重心長的勸我：「媽媽，不要再問為什麼了！把精力省下來，帶他去復健還比較有用。」

我曾經約略知曉，面對生命、死亡和浩瀚的宇宙，人類是如此渺小與有限，但我總以為那是年老的經歷，或者是一些自作聰明的科學家試探老天而得到的無奈結論。我沒料到自己這麼快就碰到極限，體驗無能的滋味。

我可以試著認命，宣告自己生自己養，陪兒子長大是天降大任於斯人。情結如此高尚，但我卻沒辦法平心靜氣的，為他磨一包藥。

每次到大醫院拿藥或換藥，我都祈禱著這次不是錠劑，是滴劑或藥水。可惜期望總是落空。磨碎一顆藥丸也就算了，麻煩的是，錠劑必須分成兩份，甚至三等份服用。領藥時，我問藥劑師為什麼不能幫我把藥磨碎。

「醫院倡導不磨藥，因為怕會導致藥物互相污染，家長可以買磨藥器回家自己切、自己磨。」她答。

「如果分得不均勻怎麼辦？」我很無助。

「不然你去問診所願不願意幫你？他們都有磨藥機。」

沒有一家診所願意幫忙。因為癲癇藥和診所平常開的感冒藥完全不同，藥物不能相混，這個簡單的道理我明瞭，所以只好自己來。磨藥的器具，從業餘的鐵湯匙、醫院附送的搗藥器，到現在診所使用的陶瓷缽，我一次比一次專業。把錠劑敲碎，大一點的需要先分半再碾壓；然後搗藥，先由上往下搗，差不多散成顆粒狀後，再以繞圓圈般攪拌的方式磨成粉。若是遇到包裹糖衣或外膜的藥丸，得仔細地把磨不碎的部分挑起來。

我常常一鼓作氣地把整個月的藥量全部磨完。磨藥時連大氣都不敢喘一下，深怕粉末揚飛，不僅浪費心血，更擔心劑量不均會帶給孩子不良的影響。一個月的藥量就只有三十顆，任何一顆藥都不能因為我的搗藥不精而糟蹋。磨藥不僅令我手臂痠痛，更是精神折磨，第一次餵孩子吃藥是我人生最大的掙扎，因為一旦決定讓他吃藥，就不可任意停止，要服用幾年後才能評估停藥的可能。想到藥的副作用，我雙手抖個不停，邊流淚邊用湯匙撐開他的嘴巴。

我可以厚著臉皮拜託人，賴著不走裝可憐，可是我沒有辦法讓孩子不哭。我求他、喊他、安慰他，可是我不懂他要什麼。即使我抱著他，輕聲細語告訴他「媽媽在這裡」，他仍舊哭。我是他的母親，我願意給他我的所有，可是我不能確定他需要的就是我。更不敢確定，我在，對他能有什麼幫助？

我像是沈陷於泥淖，又似耽溺於深水。眼淚流乾，憤怒用完，我驚覺自已早已失去控制的能力，才明白原本一切就從不在我的掌握中。我有很多力氣，但我不知道往何處施力，揮拳只是打空氣；我有很多愛，但我不知道該怎麼愛才能讓對方接受。我的能力等於沒有能力，我撲倒在地，缺乏往前的動力。如果有人可以告訴我該怎麼做，我一定會竭盡生命去實行，但是沒有，沒有前人走過的步伐、沒有經驗累積的手冊教戰。為了兒子，我必須自己站起來，暗中摸索，從零開始闢出一條路來。

每天三次餵藥，就是三場天轟地動的嚎哭。但我沒有選擇，該吃藥的時候，就算兒子仍沈醉夢鄉，我也得把他喚醒。兩個月大的孩子得吞三或四種藥，他卻聰明到張口含著，故意讓藥隨著越來越高漲的口水流出來。我只好拿小湯匙往他的舌後壓，用催吐反射的方式，即使冒著嗆到的危險，也要逼他把藥吞下去。

他氣得大哭，我哽咽的直說對不起。但是沒過一會兒，他睜大眼睛的望著我，專注的向我嗚嗚叫，用力到臉都紅了，似乎忘了苦藥親嘗的上一刻。

兒子前陣子住院，夜裡總是哀哀的哭，像個小媳婦被欺負，委屈的躲在角落哭。過了幾天，隔壁床的小朋友忍不住告訴護士：「阿姨，房間裡有一隻小狗，晚上一直嗚嗚嗚！」

換點滴的時候，護士笑著跟我轉述，錫安被隔壁的小姊姊當作一隻小狼狗耶！

「狗狗，你在唱歌給媽媽聽喔？」抱著兒子，我也嗚嗚回應，他高興的揮手踢腳再回以嗚嗚，我們一來一往，整個家充滿了嗚嗚的音調。貼著他笑開的臉頰，柔軟卻脆弱，稚嫩而飽滿，我微笑了。到了而立之年，我終於明白，我所擁有的很短暫，追求的極有限，能力轉瞬即逝。在兒子身上，我看見無能卻有能的生命。就讓我像個小孩吧！忘記以往的得勝或失敗，沒有拐彎抹角，單純又喜樂地面對下一個未知的時刻。

三十一

這一年，抵過三十年。而我前三十年的裝備和訓練、經驗和體會，全為了拖著自己爬過這一年。

親愛的大頭寶，今天，媽媽三十一歲。

媽媽將滿三十歲的那一年，你正式在我的生命中「出頭」。育嬰室外，夾雜在人群中的外公外婆一眼就認出你，他們驚喜的發現，孫子的頭型居然和三十年前女兒出生時一模一樣！從此，你頂著一顆大大圓圓的頭，與我共同經歷生活中的喜怒哀樂，你成為我多半時候的喜怒哀樂。就這樣，你陪我邁向人生的第三十一年。

三十歲生日那天，媽媽寫不出什麼祝賀、勉勵自己的話。連生日蛋糕都沒買，蠟燭更不必吹，我多半以憂度日、以淚洗面。不知道延續生命、初為人母的過程，為什麼對我們母子倆來說，這麼難？你是這麼掙扎著長大，我是這麼鐵面的堅持；堅持餵藥和復健，堅持執行那些不保證病得醫治的步驟。狠下心，看著你承受副作用、哭泣與疲憊；

轉開眼，不去看你每一次發作，不去信你這一生只能這樣。

你的出現讓媽媽徹底明白，生命本身是何等可貴，甚於成就，甚於愛情，甚於世上的萬國和萬國的榮耀。我曾經年少輕狂，以為自己可以痛、可以愛、可以追求學業或事業，就要恣意並用力的燃燒自己。擱置情感，揮霍體力，生命更可以容我自由運用直到殆竭。

一年過去，媽媽走向三十一，你一個小小的人兒，逼我面對三十年來從未學過的功課。我領悟，再不完美的生命，也有生存的權利。沒有寧為玉碎，不為瓦全，瓦全已經很好了；我不敢去想你能不能出類拔萃，只想著你要如何健康長大。就算生活再不理想，也該竭力奮鬥，我沒有自暴自棄的奢侈，不帶著你拚上去，永遠不知道結果為何。

這一年，抵過三十年。而我前三十年的裝備和訓練、經驗和體會，全為了拖著自己爬過這一年。

今天，媽媽來到三十一歲。想起有位詩人曾這麼感慨人的一生：

我們度盡的年歲，好像一聲嘆息。

我們一生的年日是七十歲，若是強壯，可以到八十歲；

但其中所矜誇的，不過是勞苦愁煩，轉眼成空，我們便如飛而去……

我們走過的日子，竟如同嘆息那麼短、那樣煙消雲散。所以他接著祈禱：

求你照著你使我們受苦的日子，照著我們遭難的年歲，叫我們喜樂。

求你指教我們怎樣數算自己的日子，好叫我們得著智慧的心。

如果媽媽可以活到七十，三十一歲已將近人生的一半。有顆智慧的心面對或好或壞的境遇，儆醒的數算日子，不虛度光陰，那將是媽媽夢寐以求的禮物。我祈禱，這些受苦的日子和遭難的年歲，對我們不是絆跌，而是成全，使我們在患難中，依舊懷著盼望與喜悅；使我們經過的苦難，有一天能夠成為他人的安慰。

閉上眼睛，真不知道你三十一歲時是什麼模樣？希望頭可以稍微縮小一點點，跟身材成比例，免得跟媽媽一樣從小被叫大頭啊！當你吹熄三十一歲的蠟燭，媽媽已經六十一歲了。將來如何，還未顯明，如果那時因緣際會的不能與你度過，媽媽先跟你說聲「生日快樂」和「謝謝」。謝謝你忍耐每一場復健，吞下每一口苦藥，是你的努力激勵我不可以放棄。若是沒有你，我仍汲營庸碌，不可能知曉生命的價值，擁有如此豐盛、歡笑與淚水交織的三十一。

長頸鹿，悲傷

我把長頸鹿擺好，讓它站在錫安的枕頭上。頓時鼻子眼睛心底，都像浸泡在百分百現榨檸檬汁裡，酸得不能再酸。

錫安的狀況突然急速惡化。八個月起，他就能夠挺胸坐正，然而不到二十四小時，把他擺在沙發上，他東倒西歪，完全無法支撐自己，像是被抽掉了脊椎。不僅如此，他沒有反應，怎麼逗都挑不起他的興趣，不拿他心愛的玩具，甚至不願正視我。他拒絕進食，平日看見奶瓶就伸手要抓，現在連他最愛的果汁擺在面前，也不肯開口嘗。

沒有發燒，沒有外傷，一切都發生在他體內，在我看不見的皮膚底下。兒子像是個石頭寶寶，呆呆的。到底是癲癇發作導致他功能盡失？還是換新藥的副作用所致？掛急診、住院觀察是必然的，醫生找不出病因，錫安必須接受一連串檢查。

十一個月來，這已經是兒子第四次住院，我也呆呆的，機械化的做我該做的事，通知該通知的人。拿起黑色行李袋，這個袋子原是我為自己住院生產預備的，但自從錫安出生，這袋子非但沒有功成身退，反而造訪過更多次醫院。每次把錫安從醫院帶回家，我都跟自己說，趕快把袋子收起來。可惜每當我想起它，就是它又要出場的時候了。

我拿了換洗衣物、尿布、奶粉、奶瓶……袋子很快就滿了，我再硬塞進幾個錫安平日最喜歡的動物布球和彩色星星，雖然知道他目前沒有反應，根本不需要帶玩具，卻還是不死心。我取消兒子的復健課，跟老師稍微交代了原因，沒有說太多的話，也沒有太多感覺，因為沒有時間或力氣浪費在情緒裡。我訝異自己的平靜，不知道是比較老練？還是已經麻木了？

在醫院陪伴錫安一整天，醫生加重藥量，但他還是沒有反應。藥物唯一做的，只是讓他從放空發呆進而沈沈睡去。也好，我想，反正眼睛打開也是白搭，天花板和日光燈又沒什麼好看的，倒不如讓他閉目養神吧！

由家人在醫院裡陪孩子過夜，我凌晨開車回家，洗衣服、做家務。兩點多要睡覺了，我拍拍枕頭躺下，用腳把捲成一團的棉被踢開，這幾天起床都來不及摺棉被，眼睛一睜開就衝到醫院換班。

突然間，雙腳踏到一坨毛茸茸的東西，我嚇得坐起來，睡意全消。打開燈，把被子掀開，原來是錫安睡覺必抱的迷你長頸鹿！他總愛把軟軟的毛貼在自己肥嘟嘟的臉上，磨來蹭去，搞得長頸鹿都快脫皮了。睡醒了，如果老媽還在夢周公，來不及招呼他，體貼的兒子會觸類旁通，安安靜靜的咬著長頸鹿的尾巴，不僅磨牙更可消磨時光。老媽驚醒時，總看到兒子津津有味的邊流口水邊啃毛，急忙擔任起保育動物協會會員，趕緊把長頸鹿從「水」盆大口中救出來。

長頸鹿的肚臍還有個鈕，一按下，它就會發出咚咚鼓聲，充滿非洲大草原的原始和狂野。錫安每次聽了，都會耐心的等鼓聲結束，隨後開心尖叫個三、五聲，有如部落酋長的盛大出場，具有吆喝族人的領導風範。

我把長頸鹿擺好，讓它站在錫安的枕頭上。頓時鼻子眼睛心底，都像浸泡在百分百現榨檸檬汁裡，酸得不能再酸。感覺檸檬汁就要從我眼眶中漫溢出來，我才明白自己沒那麼鎮定。我深呼吸，不能繼續酸下去，明天還得一早到醫院換班，得爭取時間睡覺。

關了燈，望著長頸鹿在黑暗中隱隱約約的輪廓。長頸鹿，這幾天你是不是閒得發慌呢？如果你有空，就請你代我悲傷吧！

大雨大雨一直下

奇怪?椅子怎麼會出水啊?原來全身上下的衣褲早已溼透,我一旦坐下,往椅背靠,從裡到外的衣服全部合而為一,還能擰出水來。

我真的不想出門。

站在窗前,我望著傾盆大雨,心中掙扎著要不要帶錫安去醫院。我開車,從家裡出發到醫院不至於淋雨。但是醫院沒有地下停車場,從室外停車場推娃娃車走到醫院,一路上完全沒有遮雨棚或騎樓,連樹蔭都沒有。以此刻的雨勢判斷,成為落湯雞的可能性極高。

可是,又不能不去。下午有回診和復健課。醫師就要出國開會,今天不赴診,便得再等一個月。好不容易排到復健課,沒有正當理由,只是因為下雨就請假,好像有點說不過去。

所以我還是出門了。雨刷得開到最大,才勉強可以看到路況。廣播電台正囑咐駕駛們小心，道路能見度近乎零。前頭白茫茫的霧氣，車頂滴滴答答的雨聲，颱風來了。停紅燈時，我轉頭看錫安，果然不出所料，公子已經睡著啦！這種涼涼的天氣，正是睡覺的最佳時機。

把車停好，我扣緊外套，戴上鴨舌帽，天發瘋似的哭泣，雨勢之大，我像是站在瀑布下。要搬娃娃車，又要抱錫安下車，我沒辦法撐傘；等到把兒子安頓好，推車也套上塑膠遮雨罩，我露在鴨舌帽後的馬尾已經全溼了。我一手推車，一手撐傘，手忙腳亂，錫安躺在娃娃車裡又繼續睡！此時，嗚咽的天又哀喘了一口氣，嬌弱的雨傘在狂風中瞬間開花，提醒我一傘二用，不僅可以遮雨，更可以用來接收第四台訊號。

算了，淋就淋吧！我收傘，加快腳步，只是人在衰的時候，腳步再怎麼快，還是會被三十秒紅燈停住。

沒有地方可以避雨，我站在暴雨中等綠燈。不到十秒，水已經從領子滲進脖子。雨從四面八方打過來，分不清到底是水直接噴進鞋裡，還是我自己踩在水窪裡。我莫名其妙的想著，如果現在可以加點精油在鞋子裡，就能順便來個冷泡腳。

一進復健室，老師看到我便驚呼：「哇！媽媽你全溼耶！」我踏過的地板上都有鞋印，脫了鞋進教室則留下腳印，走過必留下痕跡。遮雨罩拆下來，錫安仍舊沈沈睡著，乾爽安好的模樣，跟他老媽全身滴水的散亂髮型成強烈對比。

我把錫安抱下車，他才大夢初醒。老師再次驚呼：「哇！弟弟！你媽都這個樣子了，你還在睡啊？你知不知道外面下大雨啊？」

復健課上了一個小時，之後等門診再一個半小時，我還沒乾透又不算全溼，全身半溼半乾，黏滴滴的極不暢快。等到繳費、領藥一切完成，雨居然還沒停。好！我心中大喊，咱們再來一次！

一路上推著車要避開水窪，還得躲車子飛馳濺起的水花，我的黏滴滴又成了溼淋淋。終於抵達停車場，不知哪位技術高超的人士，隨便把車插進格子裡，只留下紙片人可以穿越的縫隙。我只好把所有家當，包括兒子留在不遠處，側身鑽進車與車之間，縫隙小到我的外套不得不幫對方擦車！

好不容易把自己擠上車，我先把車開出來一點點，再一一上貨：錫安、娃娃車、塑膠雨罩和已經溼到滴水的包包。復健課太累，等看診太久，錫安又睡著了。我小心翼翼的把他從娃娃車裡捧起來，雨落在他額頭上，公子皺了皺眉頭，睡眼惺忪的睜開眼睛，看見滂沱大雨下狼狽的媽媽，決定閉上眼睛，還是夢鄉比較美好。

當我總算坐進車裡，奇怪？椅子怎麼會出水啊？原來全身上下的衣褲早已溼透，我一旦坐下，往椅背靠，從裡到外的衣服全部合而為一，還能擰出水來。也好，回家可以不用一件件脫了。

我不是第一次遇到這種狀況，這，應該也不會是最後一次。每次我都在心裡喊著：「我可以的！如果我當得了錫安的媽媽，什麼都難不倒我！」是無聊的自言自語也好，八股的激勵式喊話也罷，這是我的方法。因為我不想自憐，不想放棄，不想埋怨。雨不會停，紅燈看到我就是會亮；風不減弱，有人就是會把車這樣停。

我不能改變降臨到身上的事，說改變自己也太虛無飄渺，我還是有軟弱的時候，誰能永遠剛強？可是在那一刻，那個我決定甩開哀怨起而奮鬥的瞬間，我必須這樣喚醒不想面對現實的自己。像練舉重時，用力舉起啞鈴的那聲大吼，如此我才有力氣，把一直下沈的自己拉起來。

如果你遇見可怕的疾病，難纏的客戶，刁難的上司，做不完也不願意做的工作、報告，或陷在任何你沒有辦法改變的環境裡，你可以給自己一分鐘去感覺灰心、害怕甚至沈到谷底。一分鐘之後，深吸一口氣，向那個消極畏縮的自己怒吼叫囂：「如果我過得了這關，就過得了下一關！我會更堅強！我是征服者！是得勝者！」

下次你看到一位母親推著娃娃車，在大雨中沒撐傘，面如堅石的往前走，口裡還喃喃自語，嗯，那不一定是我。但，假使那位母親符合以上所有的描述，狂風暴雨中，娃娃車裡那個白白胖胖的壯丁還能呼呼大睡，那很有可能是錫安和他的媽媽啊！

黑夜的必須

我不再告訴自己不可以哭，只要痛哭之後還能重拾歡笑，那就不過是一段黑夜的必須，就像我不能沒有白晝一樣。

剛陪錫安去復健時，令我卻步的，不是那些高難度的矯正器具，而是哭聲。孩子都會哭，有什麼大不了？但誰曾聽過憤怒的哭、痛苦的嚎、咬牙的呻吟和哀怨的啜泣，四部合唱的音調？

哭還會傳染。有一次錫安正開心地做動作，突然隔壁的小女孩哭了起來，錫安轉頭瞪著她，再回過頭滿眼懷疑地看著我，沒過三秒也就跟著癟嘴。聽到錫安的哭聲，教室一角另一個孩子似乎受到鼓舞，馬上也跟著爆哭。周圍眾童皆哭的音浪，直衝頭頂刺眼的日光燈，即使牆上色彩鮮豔的圖案試著營造非醫院的氣氛；即使復健師盡量保持歡樂的語氣，鼓勵又拜託，忍耐喔！再做一次就可以回家了，仍舊按捺不下那股哀潮。

對孩子而言，復健室不僅是醫院而已，它像是半吊子的少林寺，被強逼練武，但不保證練得成，師父們不敢判定你何時可以出師下山。又像非正式的禁閉室，被綁在儀器上動彈不得，有人在身邊不斷鼓勵你，再十分鐘就結束了；也有人以另類的方式激勵你，這個動作已經練這麼久了，還哭！

即使如此，錫安這種年紀的寶寶，根本聽不懂安慰或教訓，只會繼續放聲大哭。聽得懂的孩子，或許因為累，因為做不到老師預期的動作，又被父母碎碎念；更或許，他們只是不願意做卻不敢表達，於是咬牙切齒，難過的呻吟著。

然而那種呻吟，比哭叫更令人難以忍受。我倒是寧願他們哭出來，再高的分貝也好。做不到，為什麼不能傷心？痛，為什麼要忍耐？覺得失敗，為什麼不能宣洩？如果連哭的權利都沒有，那我們還剩下什麼？

剩下手伸不出、腳站不直、舉步維艱和撲跌倒地。拉開才三歲，卻有如六十歲老人打結的筋；穿上金屬支架，單薄的肩膀用力撐起胸架、腳架，為了軟趴趴的雙腳和拒絕挺直的脊椎。剩下被捆住，被吊起來，被掛在這裡、那裡，他們說，現在不努力，將來會哭得更慘！現在哭有什麼用？把力氣留下來練習才對！

我想摀住錫安的耳朵，不讓他聽見那些哀哀的挫敗聲。我告訴自己兒子還有機會，每個孩子都還有機會！有機會健康的長大、奔跑跳躍，難道這只是我的一廂情願？

我希望，所有的辛勞總該有個盡頭、有點報酬。若是一輩子都沒有，那就哭吧！如果可以好過一點，如果可以盡情發洩，那麼誰也不能阻止我們哭。只要不自我放棄，不棄械投降，哭完之後，再起來做下一個動作，讓我們不厭棄哭泣，就像眾人都喜歡大笑一樣。有哭有笑，有白晝也有黑夜，萬物如此生長，我們也是這樣。

於是每次錫安哭了，我會把他抱在懷中，親親他、哄哄他，等他哭完了再繼續，再也不說不要哭。於是，我不再告訴自己不可以哭，眼淚不會拖垮人，它們只是需要離開我的眼睛。只要痛哭之後還能重拾歡笑，那就不過是一段黑夜的必須，就像我不能沒有白晝一樣。

天使慢飛

兒子一臉倦容，卻還是給了老媽一個滿滿的、露出四顆小門牙的笑。我突然流下眼淚。

寫下一首詞，完成後拿給從事音樂製作的妹妹過目。看完之後，她眼睛紅紅的問：「你在寫錫安喔？」

「很明顯嗎？」我有點不好意思。

「對啊！我看到第一段就哭了，好難過。」

我不希望作品很煽情，所以把詞擱在一邊，想著經過時間淡化情緒，再用較為冷靜的語氣改寫它。這一放，就放了一年多。

第一次提筆，是剛開始陪錫安進入早療體系時。我帶著兒子參加各式各樣的講座。針對發育遲緩的，就叫「慢飛天使」座談會。還有其他因病而生的化名，比如說癲癇變名為「閃電俠」（癲癇起因於腦部異常放電）、魚鱗癬紅皮症叫做「紅孩兒」（長期脫皮全身發紅）、分解性水泡症成為「泡泡龍」（皮膚不斷起水泡而潰爛）等等，用這些卡通代號試圖減輕病名帶來的刺眼。

越去復健室，見證辛苦的孩子，匪夷所思的疾病，我發現自己反而越難抽離。時間並不會淡化情緒，只是因為習慣了眼前的畫面，我漸漸知道如何隱藏自己的情感。

我記得，起初最擔心在復健室碰到「抖個不停的女孩」。她約略十二、三歲，兩手一邊一支鐵拐杖，穿著《阿甘正傳》裡從腳一路延伸到大腿的矯正鞋，背上套著矯正架。女孩從脖子以下至腳底全被金屬包圍，雙腳抖個不停地學走路。

醫院的空間狹長，我很怕推著娃娃車在擦肩而過時，會撞到女孩。再加上她抖得厲害，金屬摩擦，吱嘎作響，走路歪歪扭扭，隨時可能跌倒。我到後來都停下腳步，等她走過才繼續往前。

女孩的媽媽隨侍在旁卻不伸手扶她，只跟著孩子慢慢移動；唯有在女孩抖到身體側彎快跌倒了，她才緊緊抱住女兒，輕聲說：「穩住！自己要穩住！」

女孩邊抖邊喘邊回答：「媽媽我有啊……」

我會刻意避開那些只是來逛逛復健室的阿姨姑婆和親友們。從他們的鞋就可以辨別他們的身分，因為跟著孩子跪在地上做練習的，不會穿漂亮或體面一點的鞋來，更不可能穿高跟鞋。進復健教室，大人小孩都得脫鞋，連老師們都只穿拖鞋；大大小小的鞋子全堆在門口，不免被人踐踏、被娃娃車輾過，穿好鞋的，不是沒有陪小孩復健的經驗，就是純為訪客。

這些好心偶爾好奇的訪客，喜愛睜大眼睛東張西望。即使坐在我們身邊，我也盡量迴避他們的目光，不讓任何攀談的機會發生。因為有太多次，婆婆媽媽們會看著錫安說好可愛！幾歲了？不出五句話，下一句就要問：「他為什麼需要復健？」

剛開始我還一五一十的回答，直到那天居然有人接話：「啊？你兒子到底是生什麼病？看起來還不錯啊！怎麼這麼大了還不會走？」

某位頭髮染得紅紅的時髦阿嬤正在等媳婦和孫子下課，看著我蹲在地上幫錫安穿矯正鞋，硬是要聊個幾句。

我頓時萬箭穿心，只能無奈的回應：「會走就不用來復健了！」我不願說出口的是，請問你孫子得的又是什麼病呢？他為什麼也要來復健？

在大庭廣眾之下教訓孩子的家長，也令人避之唯恐不及。我可以體會不停碎碎念的父母，因為自己很多時候也一樣，又跪又蹲的陪公子，要是他不配合，我累了也會責備幾句。但有些父母無視旁人在場就大聲謾罵，膽小的錫安常被突然爆發的高分貝嚇到，我趕緊把他帶開。心想，噪音干擾也就罷了，難道你不擔心自己的孩子自尊受傷嗎？

所以每當我看到「憂鬱男孩」的爸爸，心裡都會暖暖的。「憂鬱男孩」總是躺著，吊高雙腳練習腳力。他長手長腳，卻都是由爸爸揹上揹下。如果他能夠正常站立、行走，我目測，他的身高已經快到爸爸的肩膀了。

男孩的雙腳被吊在器材上，細細軟軟的，不結實。他必須自己用力，盡量將雙腳往上舉，與身體形成九十度，那是復健師的要求。他常是舉到四十五度就沒力氣了，腳似乎不是他的，拒聽他的指揮；再怎麼用力，雙腿也只給點面子，稍微抬高一點點又隨即垮下來。

男孩總是一臉憂鬱，哀哀的哭。哀求著爸爸我不行，爸爸我腳痛，爸爸我好累……

爸爸也總是耐心回答，沒關係，再一下就好了；沒關係，再舉高一點點就好了；沒關係，我們快回家了……他邊說，還邊按摩著男孩的雙腿。

我從來沒見過男孩的媽媽陪他復健，也從來不知道一位父親可以這麼溫柔。

等到我再想起這首短短的詞，是遇見「紅孩兒妹妹」的午後。剛下課，我正在替兒子解開矯正鞋，「來，看老師這裡，笑一下嘛！」

熟悉的聲音讓我轉過頭去。那是錫安的實習老師，正在為某個學生拍照。

實習老師有著甜甜的笑容，傻大姐般隨和的個性；每次看到錫安總說好想咬你一口喔！弟弟不要睡覺囉！我們來運動！幾個月的實習期間，錫安是她的研究對象，我與她配合得很愉快。

我看見一個被火紋身的小女孩，不是皮膚而是真皮層顯露於外。整張臉紅通通的，眉毛稀疏；只有那雙眼睛，黑黑亮亮的很有精神。然而臉皮腫得太厲害，彷彿戴著一副紅色面具，她的眼睛陷在臉裡，眼中光彩一閃即逝。

她不笑，實習老師繼續鼓勵她，笑嘛！你笑很漂亮喔！其他的實習老師也一起唱和：「妹妹笑很可愛喔！」

女孩終於勉強拉開嘴角，怯怯的，皮笑肉不笑。相機「喀嚓」一聲，捕捉下那連哄帶騙、難能可貴的一刻。

實習老師經過我們，認出錫安來，蹲下來跟他玩玩。我問：「那個妹妹也是你的學生嗎？」

「是啊！」她邊答邊躲錫安，因為他胖胖的手正要去抓她鼻梁上的眼鏡。

「她是顏面燒傷嗎？」我心疼的問。

「不是，那是魚鱗癬。她全身都這樣紅紅的，因為一直在脫皮。」

我聽過魚鱗癬，醫院的講座提過。患者脫皮的速度太快，正常的皮膚來不及長出來，以致全身體無完膚。我又問：「照相，是為了心理建設嗎？」

「不是啦！我實習結束前，想要把學生都照下來做紀念而已。我可以照錫安嗎？」她逗著錫安玩。

我知道自己有點多事，可是還是忍不住要說：「她好像不喜歡照相吧？」

「不會啊！她到後來有笑啊！她才六歲，應該不會想這麼多。」實習老師一臉「媽媽你太多慮」的表情。

不愧是傻大姐，她沒有惡意，只是神經粗了一點。二十歲出頭的年輕女孩，披上白袍，前途光明美好，她怎麼看得出來女孩的勉強和無奈？我不再說話，讓她為錫安照了一張相。

離開醫院，推著娃娃車往停車場的路上，我一直想著女孩的笑容。我記得自己六歲的時候，一定要媽媽幫我綁好辮子才出門。六歲的時候，我最喜歡那雙前面有蝴蝶結的粉紅鞋。我忘記許許多多六歲的事，但我記得，六歲的我知道美是什麼。

六十秒的紅燈，落葉在風中狂舞。我彎腰幫娃娃車裡的錫安蓋好被子。做完整整一小時的復健課程，他累到攤平在車上，想睡覺的眼睛瞇成一條細細的線。看到我把頭探進娃娃車裡，他開心的咧嘴笑了。

兒子一臉倦容，卻還是給了老媽一個滿滿的、露出四顆小門牙的笑。我突然流下眼淚。

綠燈亮了，我推著娃娃車快步往前，不曉得自己在哭什麼。每天往返於太多他人和自己的悲傷，原以為心早就麻木了，誰知道累積在胸口的鬱悶就這麼不受控制地宣洩出來。

還好那天風大，我腳步又快。淚，一下子就乾了。

天使你慢慢飛
頭不回，飛過黑夜的曠野
不去管，逆風往前的辛艱

天使你慢慢飛
這一路，是不是有點漫長
往天堂，那個遙遠的方向

我看你一臉辛苦的模樣
想勸你休息一下

你對我笑，安慰我不捨的心房
彎彎的眉，舒緩我疼惜的眼光
即使前頭的路總是令人失望
你慢慢飛，費勁又吃力
因為相信那遙不可及的夢想

天使你慢慢飛
一切苦難總該有報償

天使你不用慌
我會一直陪在你身旁

即使我明白

人間或許不是我們歡樂的所場
也沒有人保證我們一定到天上

但是天使你知道嗎？
你就是我的天堂
有你，這世間就是最美的地方

謝謝你抱我

如果可以，我想要緊緊抱著他，可是男孩的身體很單薄，我不敢太用力。

我在電視上看過這對母子。

那陣子，腸病毒引起的併發症令人膽戰心驚，電視新聞推出許多專題報導，訪問病童及家屬。兒子錫安不到兩歲，屬於高危險群；家有幼兒的我密切注意新聞，卻不經意看到熟悉的場景。

再看一次，「這不就是我們每天去的復健室嗎？」我心中一驚。

腸病毒的初期症狀跟感冒很類似。訪談中，媽媽表示當時沒聽過腸病毒這種病，以為兒子只是得了重感冒，吃點退燒藥就沒事了。沒想到病毒一發威，直攻腦神經，進而傷及腦幹，發現是腸病毒時已經太遲了。一場病下來，原本活蹦亂跳的男孩再也站不穩，不停聒噪的小嘴巴如今連「媽媽」的發音都唸不準。

一切歸零，一切從頭學起。除了某些殘餘的能力，老天爺好像在他的腦中按了「關機」鍵，男孩什麼都不會了。

那天復健師換了錫安的教室，一進教室，我就認出這對母子。因為我記得在電視裡，媽媽那雙亮亮的、很有精神的眼睛。男孩圓圓的雙眼也跟媽媽一樣，只是重度弱視的鏡片將瞳孔放大到無精打采。

他站在類似翹翹板的矯正器上，兩腳打開慢慢地左右搖晃，訓練平衡感；媽媽拿著一支長竹竿打拍子，邊拍地板邊數著兒子總共晃了幾下。偶爾男孩快要站不住，膝蓋又漸漸彎曲想坐下時，媽媽會輕輕用竹竿碰觸他的膝蓋窩：「兒子，你快倒囉！」男孩彎彎的膝蓋會慢慢挺直，他張開雙臂，平衡自己一會兒，再開始「一、二、三、四」，用雙腳施力，左右搖晃起來。

接連好幾次，我們都在同樣的教室上課。復健師帶著錫安與我，在一個角落做運動。男孩與媽媽沒有老師在旁，大概是課程中間的自習空檔，練習復健師指定的器材。媽媽熟悉各種器具的擺放位置，顯然已經來復健室有一段時間了，每次訓練結束，她會叫兒子把他拿得動的器材或玩具歸位。我看著他小心翼翼地平衡身體、慢慢地移動腳步，把東西放好，心裡就想起他原本是可以追趕跑跳碰的六歲男孩。

我們一對一角落的練習著。不管是被老天爺關機也好，或是機器還沒發動就被發現不良率也罷，兩位母親、兩個兒子，認真復健，沒有時間怨嘆。男孩左右搖晃，跟著母親一起數數字；我拉著錫安的手，在矯正器練習站立。安靜的教室裡飄蕩著男孩的聲音，數到大概第四十五下的時候，他的膝蓋彎了。

媽媽喊他：「彎囉彎囉！」被嘮叨了一陣，男孩終於站直。媽媽問：「兒子，剛剛數到幾下啦？」

男孩一字一字的慢慢說：「我—不—知—道—因—為—你—罵—我—所—以—我—忘—記—了。」

媽媽、我和站在一旁的復健師聽到都笑了。老師還稱讚：「不錯喔！現在會抱怨囉，講話越來越清楚，還有邏輯啊！」

媽媽接著說：「那要從幾下開始，從三十好不好？」

大概是於心不忍，我脫口而出：「剛剛好像數到四十五了……」講完之後，覺得自己真多事，說不定那位媽媽是想讓兒子多練習幾下，所以才說三十。

男孩聽到我說的話，又看了媽媽一眼，很困惑的樣子。他低頭盯著自己的腳，想了一下，重新開始左右搖擺，口裡數著：「三十、三十一、三十二……」

「哎呦！阿姨都幫你說到四十五了，你還從三十開始，這樣你會多做喔！」媽媽看了兒子又看著我，笑笑的說。

「他很乖，很聽媽媽的話。」我接著說。

下了課，等電梯的時候，我坐在旁邊的椅子上，低頭幫躺在娃娃車裡的錫安換尿布，沒注意到身邊有人向我走來。突然間，一雙又溼又黏的手上下摩搓著我的手臂，我心頭一陣噁，嚇得差點沒從椅子上彈起來！我猛抬頭，看見鏡片下那雙又大又圓的眼睛，是男孩！他定睛看著我。因為站不太穩，溼黏的手原本只是摸，到後來變成緊緊抓住我。

雖然知道是他我已不害怕，卻不知道該怎麼辦，也不敢把手抽開，怕他跌倒。我只能繼續讓他抓著，問他：「弟弟你找姨姨要做什麼？媽媽呢？」

他不說話，只是直直瞪著我看。又看看光著屁股、媽媽沒辦法幫他穿上尿布的錫安。

男孩的媽媽從洗手間出來，看到兒子這樣拉著尷尬的我，趕緊跑過來道歉：「對不起對不起，他遇見喜歡的人都這樣，喜歡摸人家，又一直看不停……」邊道歉邊把兒子拉開：「不要這樣，你會嚇到別人！媽媽跟你說過幾次了！」

我空出來的雙手趕快幫兒子把尿布和褲子穿上，一邊跟他們說沒關係。男孩被媽媽一頓數落，動作雖然慢卻很有情緒，他面壁，不像思過，倒像是有點不開心。

安頓好錫安，我站起來，推著娃娃車一起等電梯，那位媽媽還繼續跟我說不好意思，我邊說沒關係，邊瞄著還在面壁的男孩，天外飛來一筆地突然決定：

「弟弟，姨姨可以抱你一下嗎？」

他不回答。也沒管他願不願意，我彎腰輕輕摟著他。

媽媽沒想到我會主動來抱她兒子，感激又感動，只差沒向我鞠躬，一直捅她兒子：「跟阿姨說謝謝，阿姨抱你耶！」他的頭低到不能再低，很不好意思。「說啊！說謝謝阿姨抱我！謝謝你抱我！」我一直回說不用不用。

眼看兒子不說，她自己說，點頭如搗蒜：「謝謝你抱他，他沒有嚇到你吧！謝謝謝謝……」

電梯門開了，裡面滿載，裝不下錫安的娃娃車，我讓他們先進去。門關上之前，媽媽都還在念：「怎麼不跟人家說謝謝？人家抱你耶！」

通常一個六歲的孩子，躲人家抱都來不及了，需要這樣萬分感激地謝謝一個擁抱嗎？曾經有位媽媽感慨地對我說，你們家錫安長得真好，胖胖又可愛，看起來一點兒問題都沒有。會這麼有感而發，只因為她的女兒一生下來就是唇顎裂。花了很多時間心理建設，女兒滿五個月時，好不容易鼓起勇氣帶她出門。才搭電梯下樓，就被鄰居小孩指著襁褓中的嬰兒說：「媽媽！怪物！」

結果她哭著又帶女兒上樓。直到某天義工主動與她聯絡，到家陪她一起帶著女兒，搭電梯走出來。然而那已經是六個月之後的事了。

如果可以，我想要緊緊抱著他，可是男孩的身體很單薄，我不敢太用力。我想告訴他，即使戴著近乎放大鏡似的眼鏡、走路歪歪扭扭、說話含糊不清，你認真數數字的時候好可愛，你努力復健的姿勢好帥，你收玩具和器材的樣子好乖。

如果可以，我想要謝謝他主動來找我、摸摸我又看看我。我感覺到他的溫暖，明白他的喜歡。謝謝你，男孩，用你的方式懷抱了我。讓我第一次，不覺疲累地哼著歌，從復健室離開。

——向上文學獎首獎

傷害處理

光是「癲癇」兩字，我就花了整整兩年時間，才有勇氣把這兩個字寫進文章中。

一大早，好友打電話給我：「嘿，你上報了耶！」

我正坐在高鐵裡，收訊不太清楚，可是約略聽到她說什麼，也知道自己為何上報。朋友的語氣還算開心，恭喜我之後就收線了。

掛斷電話，媽媽剛好打來：「女兒！阿姨說你上報了！我現在正要去買報紙，你自己也要買一份保存喔！」媽媽很興奮。

沒過五分鐘，媽媽又打來了，語氣非常傷感的說：「女兒，記者怎麼這樣寫？你不要去買報紙……」

她哽咽，沒有再說下去——說不下去了。

星期日早上，我帶著錫安南下，與爸爸媽媽和妹妹在車站會合，全家陪我一起去參加頒獎典禮。幾個月前，我把原本要在部落格發表的一篇文章投給此基金會辦的文學獎，沒想到獲得入圍，但必須在領獎當天才會公布名次。

爸爸跟我打賭，如果我得了第一名，就要用獎金請他吃飯；如果只得到佳作，那他會可憐女兒沒拔頭籌，看在孫子錫安的面子上，請錫安媽媽吃飯啦！

我們穿著整齊，浩浩蕩蕩抵達，包括白天總在睡覺的錫安。頒獎的地方是個育幼院，鬧中取靜的校舍，只是我們沒想到的是，活動居然在草地上舉行！烈陽下，頂著三十幾度的天氣，我們汗流浹背，後悔自己怎麼沒穿短褲來。錫安的臉則被曬到像關公一樣紅，居然不為所動，繼續呼呼大睡。

典禮還沒開始，有位記者走過來向我提問。但因為育幼院安排的表演即將上場，我們的話題還沒開始聊，就被打斷了。孩子們努力的演出讓觀眾非常感動，掌聲熱烈。無論是站著還是坐在輪椅上，他們都奮力演出，動作整齊劃一，笑容燦爛無比。據說這支啦啦隊舞蹈，在全國特教學校競賽中還拿下大獎。

獲知自己入圍後就已想好了，就算可以得獎，我也不忍向一個公益團體領獎金。雖然金錢所賦予的成就感令人心動，但我心底清楚，育幼院還有更多需要幫助的孩子，他們被家庭遺棄，終生需要照護、辛苦的復健……，這些費用都仰賴社會大眾的捐助，所以我拿不下這筆錢。自從有了錫安，陪他走入特教體系，我才發現自己對身障團體的認知有多麼淺薄。當初投文就是為了盡一己之力，讓更多人知道弱勢兒童與家人的心聲，僅此而已。

評審從佳作開始宣布，兒童組、少年組、社會組，我一直沒等到自己的名字，最後竟是社會組的首獎。我上台，謝謝評審和主辦單位的用心，更謝謝育幼院的小朋友，給我們這麼精采的早晨，害我不僅汗流滿面，連眼睛也出汗了！獎盃我領，獎金留下來給你們，阿姨有空再回來看你們表演！

典禮結束後，我向爸爸兩手一攤，沒有獎金啦！爸爸稱讚我做得好！女兒願意把獎金捐出去，當爸爸的他一定請吃飯！正想離開，記者走來，希望能夠完成剛才被打斷的採訪。我們簡短的聊了一下，談的多半是得獎文章的內容，她問我錫安的情形，我也約略但誠實地帶過。

我聽媽媽的話，沒有買報紙。熱心的朋友念給我聽，記者明顯是想塑造出苦情的形象，提到錫安發育不全、媽媽至今不敢再生第二胎等等，這些我根本沒說出口的話！我告訴記者，醫生找不出錫安的病因，所以她草率的歸類為孩子發育不全。

她問我有沒有打算生第二胎，我說要等錫安會走路了，我不必大著肚子還要抱他，再考慮懷孕。

這樣一段話，不知她從哪裡聽出我的恐懼。我想起媽媽，覺得非常心疼，因為親朋好友、同事同業們今天翻開報紙，將看到白紙黑字大剌剌印著令她心碎又不完全正確的報導。

寫作，對我而言是抒發也是建設，並非為著公開悲慘以博得同情。從爬格子中，我學會不害怕，能寫在紙上，我就能進入現實中面對。光是「癲癇」兩字，我就花了整整兩年時間，才有勇氣把這兩個字寫進文章中。

小時候，班上怪怪的男同學患有癲癇，大家都笑他是愛吐口水的羊癲瘋。我沒有笑他，但我承認自己總是避開他。剛開始聽到錫安有癲癇，好幾十年沒見過面，那位男同學的模樣居然不斷浮現在我腦海！我完全說不出「癲癇」，總是以發作、抽筋來形容兒子。

直到有天我把它寫下來，看著那兩個字，那就只是兩個字啊！我何必這麼耿耿於懷，被它們所帶來的定義捆綁？不敢承認自己的孩子有這種疾病，那我該怎麼陪他長大？

對「癲癇」的抗拒和排斥，就因著寫下這兩個字而釋懷。

看著窗外的陽光，我想起在豔陽下揮汗如雨的小朋友、基金會辛苦的老師們。閉上眼睛，我知道自己為何而寫、寫的又是什麼；而今天的報紙只是明天的歷史，我告訴自己，要留在心裡的，只有孩子們的努力與笑容，僅此而已。

最後一分鐘

「爸，我真的好熱……」

爸爸不說話。坐在後面，雙手微微張開，隨時預備接住可能從九十度再彎成一百八十度的兒子。

「爸爸，我好熱，走不動了。」

「不行！熱也要走！」

小小的器材室裡有兩台跑步機，錫安還不會自己走，肩帶、腰帶將他整個人撐起來，吊在支架上。他不甘願的哀號，走得歪歪扭扭，步履數度騰空；要不然就故意把腳放軟，拒絕踏步，讓軌道拖著雙腳左擺右盪。我只好蹲在他身後，兩手擠牛奶似的拉扯他雙腳，喊著「一、二、一、二」，帶他的腳一步步往前踏。

低著頭，我汗流滿面，加上兒子邊走邊抗議的尖叫，絲毫沒留意到身旁有人，直到聽見他們的對話。

身旁的父子正在使用另一台比較大的跑步機。男孩快步走，身體已經呈現九十度的彎曲，顯然很累了。他看上去也的確很熱，臉頰紅撲撲的，頭髮黏在前額上，氣喘吁吁，不知道已經走了多久。爸爸壓抑著不耐，一臉嚴肅的看緊兒子，不讓他有鬆懈的機會。

「爸，我真的好熱……」

爸爸不說話。坐在後面，雙手微微張開，隨時預備接住可能從九十度再彎成一百八十度的兒子。

「爸，我好累，還有多久？」

爸爸沒有回答。疲憊的腳步跟不上跑步機的速度，男孩的雙腿與上身幾乎快要平行，眼看兒子就要跪在跑步機上，爸爸站起來，從腰部把他舉起，再重重地摔回軌道上，命令兒子站好！男孩哀叫一聲，眼見沒有妥協的餘地，只好繼續拖著身子走。

爸爸嘆了口氣，仍舊一語不發。起身時，他往跑步機的面板一望，突然大聲宣布：「加油加油，快到最後一分鐘了！」

進入最後六十秒，跑步機會發出「嗶嗶」兩聲，提醒你，已經到了最後一分鐘。從五十九秒到一秒，跑步機每過一秒就「嗶」一次，一秒一秒的伴隨你、安慰你，六十個

「嗶」，忠貞的陪你倒數六十秒。到達零秒那一刻，跑步機高昂的唱出一聲長長的「嗶——」，機器乍然停止。恭喜你！完成了一段艱辛的路程；跳下跑步機，又是好漢一條。

「啊！最後一分鐘的魅力。」我心想。這魅力連錫安都懂。通常他一聽到「嗶嗶」聲，幾乎要刺破他老媽耳膜的狂叫馬上停止。他或許不知道這是最後一分鐘，但他隱約明白，魔鬼訓練就快結束了！所以他願意忍耐，好好的踏步，因為這場折磨只剩下最後一分鐘。

當我聽到最後一分鐘的警示，無論兒子之前走得如何歪七扭八，無論我的腰多麼痠痛、手臂多麼僵硬，我仍然挺直腰桿，雙手拉著他的腳踝，帶他的腳一步又一步、扎扎實實的踩在軌道上。嘴巴也沒閒著，打起精神，為自己也為兒子加油：「只剩最後一點點囉！寶貝，快到了喔！」

只剩最後一分鐘，男孩聽見了，像是服下仙丹靈藥，九十度的上半身慢慢挺直，不再抱怨，把精力省下來努力往最後一秒走。爸爸一改之前軍事化的口吻，幫兒子加油打氣，跟著跑步機的「嗶」聲數著：「五十九、五十八、五十七……」

兩人同心協力、其利斷金的神情，完全不像前一分鐘那對嚴厲又哀怨的父子檔。

六十秒終止的那刻，男孩一聽見長「嗶」，站在停止的軌道上欣喜若狂，精神大振的說：「沒有了沒有了……」爸爸其實也鬆了一口氣，卻故意皮笑肉不笑的問兒子：「你現在講話那麼大聲了啊！剛才不是很累嗎？」

生命中的每分每秒，都不回頭地滴答離去。它們的分量相同，提供同等的空白，讓人用自己的方式填滿，是追逐夢想也好，放空發呆也罷，時間不間斷的給予機會，從不干涉人如何使用。

然而人看待時間，不一定能抱持相同的感受。被老闆責備的那一秒是那麼漫長、那麼難熬，在愛人懷裡的這一秒卻是這麼短暫、這麼甜蜜。人們常用感覺來決定分秒的長短，於是時間遭受不公平待遇；有些被毫無意義的動作帶過，有些則被視為剎那即永恆。

剎那是對時間標準的敘述。至於永恆，不過是被人類情感無限拉長的那一刻！

當時間顯得絕對與無情，人卻那麼易感且多情。耽溺著不能重來的過去，掛慮著不一定走得到的將來。如果不試著活在最後一分鐘，那麼剩下的往往只有後悔，也許是後悔此生沒有精采活，後悔與心愛的人永遠錯過。或許連後悔都是一種浪費，只能收拾起懊惱的心情，試著去完成那些來不及的事。人活著就必須跨步邁進，因為時間也是如此毫不回頭的往前走。

我想起聖經對時間有一種特別的說法：「你們要贖回光陰，因為日子邪惡。」日子之所以邪惡，是因為它充滿了太多阻礙我們往目標邁進的紛擾，我們容易在其中迷失方向，忘記最初的目標，甚至記得了，也不願再追求。我們那麼容易耿耿於懷他人的言語，難以忘卻自己的失敗，反覆陶醉於過去的榮耀，沈溺在誘惑、憤怒與悲傷裡，於是，當時間流逝，卻沒有留下任何意義。

「贖」是強烈的字眼，意思是必須付出代價。時光從來都是不能倒流的，被浪費的過往也不是真的能被挽回。贖回光陰，是指在我們面對當下的每一個時刻，都以贖的態度認真把握，奮起直追。時間是如此堅決的不可被逆轉，而心若渾沌度日，光陰便在不知不覺中永遠流失。

陪錫安練習跑步機時，我問自己，如果最後一分鐘與每一分鐘的長度一模一樣，我能不能以同樣的心情對待前一分鐘，認真的陪錫安整整走完那三十分鐘？我能不能努力活過生命的每一分鐘，看它們如同要達到目標的最後一分鐘那麼雀躍，還是噓下氣息的最後一分鐘那麼寶貴？能不能不再花費即將逝去的這分鐘，問過去為什麼，將來會如何？

時間雖然看起來像操控在我，但它從來不曾為誰而停留。而當它決定停下，那就是我的最後一秒鐘。

卡片

那是我第一次，聽到來自一位醫生的鼓勵。

我一手抱孩子，一手撐傘，回頭見他正站在門口朝我揮手。空氣中佈滿雨水的清香，而雨水就這麼湧進我眼眶。

「有這張卡片其實很好。」他邊說邊從皮夾裡抽出一張卡片遞給我看，「不僅停車方便，還有許多福利。你看，我也有一張。」

你也有一張？我按捺住驚訝，雙手接過卡片。薄薄一張，尺寸與排版都跟身分證差不多，出生日期、地址電話、配偶姓名，只在最底端多了一欄「傷殘等級」。

我不知道該不該，但還是問了：「醫生，你怎麼了嗎？」

※

第一次見到他，他已經從大醫院轉到中型醫院，門診病人從以往的百位數減至十位數，他正在享受退休生活。

兒子久病不癒，我四處尋求最合適的醫生，經人介紹找到這位名醫。他卻表明自己只樂意提供諮詢，目前手上都是已經跟他很久的病人，他沒有再收「新生」的打算。

我不放棄。孩子的病會把當媽的臉皮逼厚。我三顧茅廬，報告兒子的最新狀況，向他請教自己蒐集的醫學資料，把我為兒子做的紀錄給他看。請他考慮、再考慮，我會是一個認真的媽媽，不會辜負破例收容的好意。

直到第四個月，他口頭上雖沒答應，卻要護士幫我們預約回診時間。他詳細解釋用藥的劑量、可能的副作用，要求我繼續做紀錄，對治療會有幫助。

問診結束，我推著娃娃車開了門就要走，身後突然響起他的聲音：「媽媽辛苦了，加油！」

我趕緊轉頭道謝，門輕輕掩上。我站在門口，淚就這麼流下來。

※

那是我第一次，聽到來自一位醫生的鼓勵。

看著兒子慢慢偏離正常範圍，往病痛或遲緩沈陷，不是一件容易的事。偏偏醫院白花花的日光燈與無所不在的酒精味，從不提供絲毫安慰。我帶孩子求問過許多名醫，每每證明遇到好醫生真得碰運氣。不是掃瞄病歷的速度可與光速相比，制式化的答案在網路上也找得到；不然就是明明說的是中文，卻都是我聽不懂的術語，讓我體會文字無用的真意。

那是第一次，卻不是最後一次。我發現向病人與親友說「加油」是醫師的習慣，因此當我知道多位病人已經找他看病長達十幾年，一點也不覺得奇怪。每次回診，他總會仔細詢問兒子的發展，對我這外行人提出的醫療問題一一答覆，從未顯出不耐煩。醫師不僅在意病人的痛苦，也尊重家屬的感覺，孩子必須試新藥或安排檢查，他都會告知原因與結果，令家長安心。

即使是半退休，他還是常到世界各地參加研討會，與最新醫療接軌。他分享與會心得，激勵病人不要沮喪，或許將來的發明能徹底醫治疾病，甚至除去病灶。閒暇時間，醫師致力研究西醫與中醫的聯合治療。他出身中醫世家，學習西方醫術，執業後發現中西醫學不相往來的遺憾。他遠赴日本、中國學習中醫，期待兩造或能補其不足，造福病人。

有回兒子試用新藥，雖然發病量驟減，卻產生躁鬱、自殘的副作用。我不知如何是好，著急地託院方轉達醫師，幾個小時以後，居然是他本人回電給我。聽完我的描述，他給了我家中地址，願意為兒子針灸。他認為，既然藥物能夠控制病情，就不能停藥；希望能以其他方式舒緩情緒，幫孩子撐過這段適應藥物的過渡期。

印象很深，那天下著傾盆大雨，後頭又載著哭鬧不停的兒子，我開車迷了路。眼看遲到已將近一小時，我心好慌，祈禱著醫師能夠多等一會兒，千萬別離開，我們就快到了、快到了……

他沒有離開。扎針後半小時，兒子漸漸停止哭泣、沈沈睡去。我為遲到不斷致歉，為他假日還肯幫忙說謝謝，他笑著說沒關係，雨勢這麼大，媽媽你有沒有傘，開車要小心。

我一手抱孩子，一手撐傘，回頭見他正站在門口朝我揮手。空氣中佈滿雨水的清香，而雨水就這麼湧進我眼眶。

※

當我不得不因特教學校的要求申請那張卡片時，非常排斥兒子將被貼上殘障標籤，沒想到竟然從醫師口中得知他長年面對的疾病。

他患有小腦萎縮症。這項遺傳性疾病已經發生在多位親屬身上，包括他的母親。他親眼目睹媽媽晚年病臥床榻，即使心智能力不受影響，卻無法控制行動，肌肉變形萎縮。學醫的他明白這種病無藥可治，而自己早在幾年前也被證實患病了。

我記得醫師走路總是一拐一拐，稍稍搖晃。原本以為那是年紀大的表徵，沒想到是他的病症。我問，真的沒有治療方法嗎？現代醫學這麼進步，總會有新的藥物吧？我試著以他曾鼓勵我的方式說話，才發現醫生實在不好當。

他說沒有。這種病是不可逆轉的，即使能夠減緩惡化，至終還是得面對意識清楚，身體卻不能活動的痛苦。我不知道該說什麼，從來都是他扮演萬能醫生，我扮演緊張媽媽。我想起他如此關懷病人、致力研究，自己卻背負著病情每況愈下的十字架，清楚明白此生最終的景況。

「有這張卡片不代表什麼。我也有，更何況我的病還無藥可醫！我告訴自己，每天都要活得沒有遺憾。媽媽你要這麼想，孩子才會快樂健康！」

這些話我都知道，但從他口裡說出來，還是讓我充滿感恩與震撼。他不僅是我兒子的醫生，更成為我的榜樣。他醫治孩子的身體，也醫治我的心靈。在這場對抗病魔的奮戰中有他為伴，是何等的祝福和安慰。

——聯合報懷恩文學獎二獎

我聽懂了，她不要我躲起來，不要我看到正常的孩子時，把自己不那麼正常的孩子藏起來。

勇氣

堂姊打電話問我，錫安生日快到了，有沒有什麼計畫啊。

想起錫安一歲的時候，我們費心為他辦了一場生日會。我發邀請卡、親手做謝卡，還為這顆大頭剪了一頂生日帽；妹妹幫我佈置，家中充滿了金色彩帶和五顏六色的氣球，牆上大大的紅色剪紙拼著——Happy Birthday, Zion!

能來的親朋好友都來了，一起切蛋糕，拆禮物。吃吃喝喝中，大家輪流說點話，我們提及照顧錫安的過程，他們說些鼓勵的話。聽著說著，環顧四周，每個人都熱淚盈眶，連平常最酷的表弟都哭了。他還當場警告所有人：「如果以後你們有人遇見我媽，不准告訴她今天我哭了！」

原本跟著他流眼淚，聽到這句話，所有人都爆笑出來。

我告訴堂姊，今年沒有計畫，就低調度過兩歲生日吧！為什麼？她不解。我們連禮物都準備好了耶！

錫安在出生的第二個月確定腦傷，隨即而來的症狀很多，其中最明顯的就是癲癇發作。醫生馬上為錫安開藥，而且一天三次，為了要壓抑異常放電對正常腦細胞的損害。我憂心忡忡的問：「這藥一吃，要吃多久？」

「這種藥最少必須服用兩年。如果控制得好，兩年後可能就不必再吃了。」

醫生好心回答統計的數據，但不代表兩年後錫安就能完全脫離藥海。可是對當時的我來說，這句話、這個數字，像是海中遠遠漂著的浮木，我努力游，游過去抓住了或許就能得救。所以錫安一歲的生日會，即使提到兒子還是不免流淚，我心中仍隱隱懷著兩歲的盼望；也許到了兩歲，這些辛苦都值得，吞下去的藥都會起作用。

錫安原本已經半年沒有發作，醫生還答應我，如果可以持續不發作長達一年，便考慮撤去用藥。直到前兩個月，癲癇再次復發，一切前功盡棄，醫生又開始配新的藥給他吃。

兩歲到了，我們似乎又回到原點，重新開始。

不僅需要面對癲癇三不五時的攻擊，受困於腦部的不良結構，錫安的成長也受到阻礙。剛開始看不出來，嬰兒時期，每個寶寶看起來都一樣，愛吃愛睡。帶他出門，大家總稱讚這個胖胖的男嬰真可愛，不哭不鬧，吃飽了就乖乖睡覺。慢慢的，當同齡的孩子開始會走會跳會說話，眼尖或有育兒經驗的人再看看錫安，不必太久便能察覺異樣。

錫安一歲半的時候，先生帶錫安和我參加公司的聚餐。坐在我們身旁的女同事觀察錫安一陣子，在整桌子的人面前突然問：「他好安靜，你們有沒有帶他給醫生看過？」

錫安的爸爸不等我回答，搶著說：「他很好，只是想睡覺。」

我瞄了一眼孩子的爸爸，他並沒有看我。不知道兒子的狀況是讓他覺得羞恥，抑或只是懶得解釋？整場餐會，那位女同事一直找我聊天，描述著她跟錫安差不多大的女兒是怎麼活蹦亂跳。我只能微笑，不敢多說話。

錫安感冒，我帶他去診所，依照慣例，看病前得先量身高體重。護士要錫安站著量身高，我拉著軟趴趴的兒子試了好幾次還是站不好。不站在體重機上，坐在量嬰兒體重的磅秤總可以吧！然而錫安太大，都滿出磅秤了，躺在上面搖搖晃晃，指針跟著他搖擺不定，看不清楚到底是幾公斤。看著他扭來扭去，護士開始不耐煩，大聲的說：「他為什麼這樣？他在家都這樣嗎？」

我不曉得該怎麼去跟不熟的人說兒子的情況。說了不是，不說也不是。其實不僅是跟不熟的，連熟識的有時也不知道該從何說起。

小艾最近打電話給我，關心錫安的情形。我們從學生時代就認識，畢業就職，走入婚姻，我們都是彼此相伴分享心事的姊妹淘。兩人自從升格媽媽後，反而很少聊天。小艾是職業婦女，有個小錫安半年的女孩，與婆婆同住，既要工作又要兼顧家庭，忙到不可開交。

「你怎麼啦？」聊了一會兒，她突然跟我說對不起。「怎麼了？」我詫異的問。

「不打電話給你不是因為我真的那麼忙，其實每次聽到你說兒子，我常常不知道要怎麼反應。久了之後，越來越不常打電話給你……」她說著說著，哽咽起來。

聽到她這麼說，我的鼻子一酸。「你不要這樣說，換作是我，我也不知道要說什麼啊！」

這兩年，週末或假期，我們變得越來越少出門。媽媽和兒子，像是母獸帶著小獸，在自己巢穴裡玩鬧或舔傷都好，那是最安全自在的地方。

阿菲前幾個禮拜告訴我，她受邀帶兒子去朋友家作客，朋友的孩子也是有點狀況的。她讓兒子跟人家玩，大概是兩個小孩沒什麼互動，玩不起來，主人夫婦倆看到兩個小孩各玩各的，表情越來越沈，聊天有一搭沒一搭。強烈感覺到不受歡迎，尷尬之下她便拉著兒子先行離開。

「你的故事有一點長咧！重點是什麼啊？」我邊泡奶邊用耳朵和肩膀夾住話筒。阿菲支支吾吾，根本不像平常直來直往的風格。「我的意思是，就是說，不管錫安以後怎麼樣，你都要讓他跟我兒子一起玩，就算玩不起來，越玩也會越熟啊！總之啊，就是我們的小孩可以一起玩就對了啦！」

我聽懂了，她不要我躲起來，不要我看到正常的孩子時，把自己不那麼正常的孩子藏起來。「好啦好啦！我懂啦！」我嘻皮笑臉回阿菲的話，感謝電話線可以隱藏我早已發紅的眼眶。

每次接觸與錫安病情相關的資訊，我總是希望自己有一套很強的情緒處理器，可以快速排除所有負面情緒，不被消極的字眼或話語影響。望著架上一本本如何幫助腦傷兒、如何對待種種問題與殘疾的書，我常想，為什麼沒有書幫助病童的家人，如何懷抱希望，如何忍耐失望，如何面對別人不懂、你也不想解釋的場景，如何勇敢地帶孩子走出去？

如何漂流在海中，即使前頭沒有浮木做目標還奮力往前游？如何鼓起勇氣，即使眼前這片汪洋可能永遠沒有抵達的海岸？

明天，錫安就要兩歲了，日子沒有帶我們達到兩歲的目標，反而賜下更艱難的功課。或許希望是破滅了，那就這麼一天過一天，不必為明日憂慮，更不必懷著任何預設的期望。我不再期待「將來」能夠解決所有的問題，兩年也好，二十年也行，我不強求腳下的海平靜安寧，頭上總是陽光普照、天色常藍；我只禱告神，請給我們力量，在黑夜的海上搖櫓，給我們勇氣，面對人生洶湧的風浪。

——寫於錫安一歲又三百六十四天

永遠的心肝

遠在天邊、近在眼前，錫安急了，他用力抓住桌邊，坐姿轉為跪姿，雙腳轉為單腳跪立，他就這麼直挺挺站起來！

我來不及摀住自己的嘴巴，開心的尖叫！

錫安還不太知道怎麼操作玩具，他對待玩具唯一的方式就是「咬」。因此，老媽子我現在又多了一項工作，就是在兒子「酷刑」玩具之前，用溼布擦拭玩具，再噴酒精消毒。

我把錫安放在玩具墊上，讓他自己滾來滾去。我坐在沙發上，把玩具全都拿到茶几上，一個個排排站，大夥兒經過衛生署檢驗之後，才能乾乾淨淨的進行下一回受刑。

不到一會兒，錫安從躺著坐起來，我發現他慢慢往茶几方向移動，往我這裡前進。他趴著爬，雖然肚子沒離開地板，移動速度並不就此減緩。復健課的老師都說錫安像隻毛毛蟲，雖然還不會自己站起來，更遑論行走，但他只要屁股翹起來、肚皮往前推，扭啊扭的，一眨眼就到達目的地。

錫安「趴爬」到了茶几旁，坐起來，一顆大頭晃啊晃的，抬起頭，盯著桌上的玩具看。

突然他伸出手，雙臂舉得高高的，我以為他想拿玩具，還故意把擦好的歌唱小狗放在桌邊，好讓他容易抓得到。但他似乎無意擄掠小狗，肥肥短短的手臂揮啊揮，他試圖抓住茶几邊緣。

剎那間，我明白兒子在做什麼！他想要扶著茶几站起來！

我屏氣凝神、默不作聲，觀察兒子的一舉一動。我知道他應該站不起來，因為老師說他的肌肉張力太低，手腳的力氣不夠，撐不起自己的重量。可是，看見兒子有意願往前，有動機觸摸，至少他不再自閉、沉醉在自我世界裡；至少他並非弱視、無法聚焦注視目標。我激動的忘了擦玩具，呆呆凝視著他。

他坐著，手撐著地板，用屁股往前移，一寸寸的往前。不一會兒，他的手已經摸到桌沿，眼睛一刻也沒離開他心愛的玩具們。

我想如果玩具有腿，一定逃難似的趕緊衝向茶几的另一邊，誰先被抓到誰倒楣。脫毛巳算是不幸中的大幸，有的同胞們還被咬到斷手斷腳，挨針縫補之後，又會被送進火坑，天天沾滿黏黏的口水，溼溼答答的超不自在。

遠在天邊、近在眼前，錫安急了，他用力抓住桌邊，坐姿轉為跪姿，雙腳轉為單腳跪立，他就這麼直挺挺站起來！

我來不及摀住自己的嘴巴，開心的尖叫！

聽到媽媽的叫聲，錫安嚇了一大跳，又一屁股坐回地板上。他急了，或許不懂自己剛剛站起來，只覺得明明就快拿到玩具了啊？他的屁股更往前移，打算再試一次，沒想到這回前進太多，兩隻腳都卡在桌底與地板中間的空隙。拔不出腳、又無法往前，他轉頭，眼神哀怨的望著我，意思應該是：「媽媽！都是你害我的啦！」

我幾乎要流淚了，因為今天的一小步，是我和兒子人生的一大步啊！他居然有力量把自己撐起來！他居然有意念向目標邁進！記得醫生曾要我有心理準備，兒子可能終生無法行走；想起復健師說，錫安這麼軟的小孩，能夠獨自站立很困難。

我興奮的把兒子抱起來，緊緊擁他入懷，親他胖胖的臉頰和圓圓的額頭，邊親邊說邊轉圈：「錫安好棒！錫安好厲害！耶耶耶！」不知道是被我的頭髮搔得癢癢，還是感染了我的歡樂，錫安忘了還要拿玩具，也跟著哈哈大笑。

是的，他是我兒子，他今天自己站起來！雖然他不太會爬，還不會走，更不會叫媽媽。他們說他腦部畸形，說他發展遲緩，可是他是我最棒的寶貝，是我永遠的心肝。

車燈・泛黃

「唉！錫安你喔……」孩子的爸爸欲言又止，我知道他想說些什麼。望著窗外停著的、一排排的車燈，我沒有搭腔。

星期五晚上，到處都塞車。動彈不得，一家三口卡在車上沒事做。孩子的爸爸到處找縫隙鑽，和其他駕駛互按喇叭，又超車又叫囂，直到無路可走，他才放棄掙扎，悻悻然地轉著廣播，只是每個電台停留不超過一分鐘。錫安一臉無所謂，剛喝完奶，舒服的躺在汽車座椅裡，叮叮噹噹地搖著小狗固齒器。我陪兒子坐在後座，不太想說話，避免挑起暴躁駕駛的怒氣，直視不遠處的號誌燈，看著燈由紅轉綠、又由綠轉紅，怎麼就是輪不到我們走。

我突然想起，該打個電話給好友盈蘭。從高中死黨一路升格當媽，雖然在不同的國家求學、成家，十幾年了，我們一直保持聯絡。好不容易兩人都回到同一座城市生活，約要見面約了快半年，居然都忙到還沒有見面。

我們在網路上感慨，以前隔著太平洋的時候還能半年吃一次飯，現在只差一個高速公路收費站，竟然一年見不到一次面？怎麼會忙成這樣啊？

盈蘭接起電話，她小錫安三個月的女兒正在旁邊咿咿啊啊。

「妹妹會講話了啊！」我問。

「對啊！已經會叫人了。妹妹來，叫阿姨！」她把話筒交給女兒。

「阿……姨！」小女孩清脆的童音，甜甜軟軟的呢噥細語足以令冰山融化，北極熊都要無家可歸了。

「你好棒喔！」我大大讚美她。

「阿姨！」妹妹又叫了一聲，我說她好可愛！

「阿姨！」妹妹再叫了一聲。聽她開始欲罷不能，我笑了起來。

「好了好了，讓媽媽跟阿姨講話。」盈蘭把話筒接過來，妹妹還在「阿姨阿姨」的喚個不停。

聊了一會兒，我們敲定見面的時間，還開玩笑的說不准對方黃牛，不可以再有突發事件。就算孩子生病，戴著口罩也要赴約！直到收線，電話那頭的妹妹還嘰嘰呱呱地說些我聽不懂的話。

說再見之後，孩子的爸爸問我：「她女兒會講話了啊？」我說對。

他又問：「會爬了嗎？」我說對，比較小聲。

「會走了嗎？」我說對，更小聲。

我轉頭，身旁的錫安不搖小狗了，而是專注的啃它。胖嘟嘟的臉頰，堅定的眼神，又要長牙了嗎？我伸手摸摸兒子圓圓的額頭，他像是從磨牙中醒來，轉向我，歪著嘴笑了。

大家都說，這是「哈里遜・福特」的微笑。在電影《印第安納瓊斯》裡，他揮著長鞭、戴頂牛仔帽，每次任務圓滿達成，就會露出一股邪邪的、卻又帶點純真的迷人笑容。

「唉！錫安你喔……」孩子的爸爸欲言又止，我知道他想說些什麼。

望著窗外停著的、一排排的車燈，我沒有搭腔。

過了一會兒，他突然說：「沒關係，他都有去上復健課，也固定吃藥，他會慢慢跟其他小孩一樣，對不對？」

我沈默。前幾個月，錫安失去了所有反應，住院做盡所有檢查，嚇得我們六神無主，身心俱疲。好不容易藉著藥物調整，兒子回到以往能笑能哭的模樣，但他仍舊不會走路，爬得也很吃力。人總是貪心的，對吧？但我試著轉個彎想，或許不滿足是種另類的動力，得以強迫人不斷往前。

最近，我希望能夠替兒子申請殘障手冊，享受身障人士的福利和減免，昂貴的藥物和復健器材都能因手冊而得到補助。下雨天，有張殘障停車卡，我就能把車停在離醫院最近的地方，不必到處找車位，再扛著大包小包推娃娃車到醫院。當我和孩子的爸爸商量，他反問：「所以你寧願讓孩子被貼上殘障標籤，也不願多繞幾圈找車位？大不了坐計程車嘛！」

對啊！我為什麼不能多繞幾圈？為什麼不能多花點錢坐車？我啞口無言。但是，事實不會因為我們不面對就消失，「人定」不一定「勝天」。不是努力就會與完美的結局畫上等號，即使如此，我們還是要盡力而為。

車子開始緩緩移動。聽我不說話，他又問了一次：「錫安會越來越好，你說對不對？」

我望著窗外，不是故意不答，只是不想在這擁擠的夜晚，再塞入另一段緊張。我知道答案，卻不曉得如何包裝殘忍的現實？可是，難道他一定要我說出一個答案嗎？難道他自己完全看不出真相？

我想說，我願意等兒子長大，如同我願意等你接受事實一樣。我願意忍受孤單，等你走到與我一起陪兒子奮鬥的彼岸。但我越來越明白，這場等待似乎與時間無干，而是與意願有關。

一顆顆閃爍的車燈，在我眼眶裡突然泛成一片暈黃。

我說：「對。」

應當高聲歌唱

女孩開始對小弟弟有意見了。「小、弟、弟、站、不、好。」「小、弟、弟、什、麼、都、不、會。」

她的發音模糊，講話的速度也很慢。或許就是因為講得慢，才會讓我覺得胸口有一把刀，一吋吋慢慢的，插、進、心、裡。

男孩像燈塔

每次帶錫安經過那個教室，我總忍不住探頭看。

地板鋪著軟墊，有一面類似韻律教室的大鏡子，其他三面牆釘著許多櫃子，裡面擺放各式各樣的器材和玩具。小小的空間幾乎塞滿了人，除了兩個老師帶班，大約有十個孩子，面對面站成兩排；每個孩子身後，各有家長陪伴。

忍不住探頭看，是因為歌聲。大家在練唱嗎？但聲音忽高忽低，毫無合唱的優美，也無齊唱的雄壯，起落不定外加走調。唱的是童謠，國、台語版本皆有，好比兒歌總複習，歌曲之多，連對童年已經沒什麼印象的我都還能哼上幾句。有人唱得很認真，嗓子用力嘶吼；有的則是含混不清，歌詞七零八落的嗯嗯啊啊。我不清楚這堂課的內容，歌聲卻吸引了我，心想如果有天兒子也能參加歌唱課，總比上其他的課要來得開心。

那天下課後，我推著娃娃車要搭電梯，老師追出來喊著：「錫安媽媽，我們幫錫安加了一堂課，在星期四下午兩點。」

不知道是什麼課，多上課總是好的吧！老師願意加課，兒子就多了學習的機會，我點頭說謝謝。

星期四下午我提早到，老師帶我們先進教室等著，我幫錫安把鞋穿好。其他學生和家長們陸陸續續地進來，繫沙包、穿綁腳；小男生小女生，都是六、七歲左右的年紀。老師拿出兩根長長的、狀似平衡木的器材排成兩行，要大家圍著長木排排站，我突然明白這是哪一堂課。

老師說：「小朋友，我們今天換教室，又來了一個新同學叫錫安，大家要歡迎他。」老師指向錫安與我，大人小孩都轉過來看我們，沒有人說話。

身旁的小女孩看著錫安，一字一字吐出來：「小、弟、弟。」

雖然錫安在同年齡的幼兒中算是個壯丁，不到三歲的他，站在哥哥姊姊們中間就只是矮矮的小胖子。經由老師的解釋，這堂課是「站立練習」。還不太會站的小孩以雙腳立正；站得比較穩的，一隻腳要踏在平衡木上，只用另一隻腳的力氣支撐身體重量。

站多久呢？就站一首歌那麼長。

老師傳著抽籤筒和玩具麥克風，每根籤上都有一首歌，誰抽到了，就要拿麥克風當主唱，其他人也要一起唱。唱完一首，每個人都可以坐下來休息；籤筒傳到下一個小朋友，抽到另一首歌後，全體再站起來齊唱。小孩大都有些口齒不清，再加上家長們早就不怎麼熟悉曲調，〈娃娃國〉、〈天黑黑〉、〈抓泥鰍〉、〈火車快飛〉……不是變成失去主旋律的變音版，就是淪為念歌的饒舌版。

因為唱歌不是重點，如何站、站得穩才是。即使每一首兒歌都那麼短，對站不穩的孩子來說，就像〈長恨歌〉那樣無窮無盡。錫安總是在歌還沒唱完之前就要坐下，我硬是把他撐起來，他便尖叫抗議。含混的歌聲夾雜著孩子的抱怨與哀號、父母的鼓勵或警告，一陣混亂中，我發現從前聽到的嘶吼聲，出自一個男孩。

男孩算是已經站得穩的那群，所以他左腳踏在木頭上，只用右腳支撐全身；每換一首歌，左、右腳便得互換。籤上所有的歌他都倒背如流，不只會唱，他還用力唱。即使發音不清楚，他每個字都很認真喊，因為太用力，聲音常常高八度的分岔。小朋友們聽到走音都會嘿嘿的笑，連隨侍在旁的父母們聽到了也低頭微笑。如此使盡全身力氣、吶喊式的叫囂，讓男孩的爸爸一邊扶著兒子，一邊不好意思的勸他：「唱小聲一點、小聲一點啦！」

我很享受男孩的歌聲，那麼有精神，在雜亂念歌、不專心、不熟悉甚至哭叫謾罵裡，男孩就像燈塔閃閃發光！每當老師宣布抽到的歌，沒人先開口，爸爸媽媽小朋友全等著男孩起音。如果他請假，少了高八度的分岔，不只唱的人沒勁，歌聲更顯得淒涼。

所以每次上課，看到他被爸爸牽著、一跛一跛地走進來，我都有股莫名的安心。

女孩很尖銳

可是我不怎麼喜歡身旁的小女孩。

每個人站立的位置是固定的。老師把我們排在一對母女的隔壁，剛開始，女孩總喚錫安小弟弟，我也友善的報以微笑。上了幾堂課之後，女孩開始對小弟弟有意見了。

「小、弟、弟、不、會、唱、歌。」

「小、弟、弟、站、不、好。」

「小、弟、弟、什、麼、都、不、會。」

她的發音模糊，講話的速度也很慢。或許就是因為講得慢，才會讓我覺得胸口有一把刀，一吋吋慢慢的，插、進、心、裡。

連弱勢族群也分優劣啊？自己都算不上正常了，還要比來比去？「弟弟才兩歲，你幾歲啊？」心想，你唱自己的就好。她的媽媽在旁邊裝作沒聽到，並不打算制止女兒的發表。

「我、六、歲。」我正要向她解釋，你六歲啊！所以比較會唱歌、站得好。沒想到她馬上接著說：「我、兩、歲、的、時、候、就、會、唱、歌、了。」

女孩的反應之快，讓我反倒醒過來，懊惱自己怎麼跟六歲的小孩一般見識？雖然還不至於動怒，可是心裡某個角落卻被她的童言童語給觸痛了。「真的啊！你這麼厲害，所以你要幫小弟弟好不好？」

女孩聽到我稱讚她，反而不知道怎麼回答。她的媽媽卻轉頭了，面帶歉意地對我微笑。

仔細看看這對母女。兩人的衣服都黃黃的，洗得很乾淨卻洗不去陳舊；媽媽的頭髮用一把大髮夾盤住，有點散亂，像是剛洗完澡從浴室出來；女兒卻整齊的紮起馬尾，髮間還夾著幾隻粉紅色的小蝴蝶。

後來，在許多個下課的空檔，我才從其他媽媽的談話中，零碎拼湊出女孩的家庭狀況。女孩還有一個弟弟，但也有問題。一連兩個這樣的孩子，爸爸無法接受現實，在外頭另組家庭，每個月只提供贍養費，把妻子和弱智的兒女留在父母家。婆家不好趕他們走，畢竟怎麼說都是自己的孫子，再說也是自己兒子不對。女孩的媽媽就這麼不離不棄，養育仍在襁褓中的兒子，帶女兒到醫院上課。女孩與其他堂兄妹合住在一個屋簷下，被嘲笑或比較是常有的事。

課堂中，女孩還是常常點出小弟弟哪裡又不會了，女孩的媽媽多半不發一語。由於知道一點母女倆的背景，我不再試圖糾正，畢竟那是女孩母親的責任。女孩對錫安的碎碎念我充耳不聞。偶爾聖靈充滿到度量增強，我會開口稱讚女孩。因我發現女孩在被讚美的時候，反而不知如何回話，才會安靜地閉上嘴巴。

日復一日，帶著兒子重複艱難的動作，當他不願努力時，勉強他；當他辛苦練習時，安慰他。想起過去，我恍如隔世，早已不太認識自己。環境磨掉人尖銳的稜稜角角，卻也能令人不復從前，往好或壞的徹底改變。身處困境，無論是窮怕了、氣炸了、累壞了，還是逼急了，人，還能剩下多少的仁慈與禮貌？會不會失去原本的善良？

女孩失去爸爸，尖酸刻薄是她生存的條件嗎？妻子沒有丈夫，沈默不語是她保護的顏色吧！面對身旁說話不留情面的女孩，我問自己到底還剩下多少同情？是否依然能夠優雅地歌唱？

只要我長大

就這麼上了將近半年的站立課。有天上課前，老師宣布，要選一位最認真的小孩當班長，所有小朋友和家長們都一致同意，愛唱歌的男孩應當榮獲班長資格。頒獎時，男孩的音量突然變小了，接下老師手中的紙皇冠，我們給他鼓鼓掌，臉脹得好紅，他小小聲的說：「謝謝老師。」

男孩的爸爸推了推他，笑著說：「怎麼現在講話這麼小聲啊？」

他回爸爸一句，還是很小聲：「因為現在不是在唱歌啊！」

大家聽了，都哈哈笑了，起鬨要他獻唱一首。錫安雖然聽不懂大家說什麼，聽到笑聲，卻也跟著開心大叫。

「你看你看，弟弟也在幫你加油喔！」老師指著蹦蹦跳的錫安說。

男孩看了錫安一眼，低頭認真的想了又想，很慎重的說：「我要唱……〈螢火蟲〉。」

我們都席地而坐，還沒上課呢！小朋友們都不用站著，坐著聆聽班長的歌聲即可。

小小螢火蟲，飛到西，飛到東。

這邊亮……那邊亮……

好像許多小燈籠。

同樣粗嘎有力時而高八度的變調，唱畢，大家都為他拍手。我的眼眶卻紅了，班長，你真是我們的螢火蟲，你的歌聲會發亮啊！

老師叫大家站起來，要準備上課了，我發現身旁的母女檔今天沒有來。下課的時候，我問老師女孩怎麼沒來，才知道她去開刀了。

「她的腳一直站不穩，因為骨骼發展得不好。」

「有嗎？她站得很好啊！」我不解。

老師向我解釋，那是因為女孩的媽媽總是幫女兒穿綁腿和沙包。綁腿是兩條與腿同高的護帶，女孩站得又挺又直，因為被綁住的膝蓋不能彎曲；沙包則是繫在兩邊腳踝，增加穩定度和重量，所以女孩的重心往下，不容易跌倒。

老師說：「拿掉綁腿和沙包，她的程度其實和錫安一樣。」

我這才知道女孩平日的樣子，當她行走在堂兄妹中，就像錫安在她面前時的笨拙。

雖然我總是不懂，為什麼女孩的媽媽從不糾正女兒對我兒子的批評，我只能學著寬容，告訴自己，或許每次體諒，不一定都被給予明白原因的奢侈；如果過得去、走得開，就不要杵在被得罪的不快。

兩個月之後，女孩回來上課了。因為膝蓋開刀，她不能使用綁腿帶，整個人軟趴趴的，哭鬧著拒絕練習。媽媽突然開口，指著身旁的錫安說：「你看，弟弟也沒有綁腿，自己站啊！」

錫安搖搖晃晃，努力平衡身體。大家都在唱歌，他也跟著咿咿呀呀。淚眼婆娑中，女孩抬頭看我們：「小、弟、弟、會、唱、歌、了、啊！」原來這就是她以為的唱歌。她誤會了，錫安只是發聲而已；但我更誤會了，以為她只是個伶牙俐齒的女孩！

籤筒和麥克風傳到女孩手中，大家坐著等她抽下一首歌。媽媽幫她抽了，是〈只要我長大〉。男孩班長迫不及待地站起來，昂首預備高歌一曲的模樣。小朋友都站起來了，也準備要跟著唱。女孩在媽媽的攙扶下，也慢慢挺直膝蓋。我們一起唱：

哥哥爸爸真偉大，名譽照我家。
為國去打仗，當兵笑哈哈！
走吧！走吧！哥哥爸爸，家事不用你牽掛，
只要我長大！只要我長大！

這麼熟悉的兒歌，孩子、家長都琅琅上口。班長大聲嘶吼，不小心又走音了，我們邊笑邊唱。錫安高興的嗯嗯啊啊，女孩也開口輕輕唱。只要我長大！讓男孩長大成為三大男高音，讓女孩長大成為辯才無礙的律師。只要我長大！不管離長大的那天還有多遠，不管何時才能從復健室畢業，孩子們啊！應當高聲歌唱！爸爸媽媽們，也當高聲歌唱！

哥哥媽媽

當我正打算放棄，把錫安抱出教室，耳邊突然傳來高亢的聲音：「弟弟不要哭！跟哥哥一起做！」抑揚頓挫的音調精神飽滿。

我都叫她「哥哥媽媽」。

成為母親之後，女人會突然喪失自己的身分。孩子叫什麼名字，你就被冠上那個名字，成為「某某媽媽」。無論在醫院或學校，老師、護士都以孩子認家長。自從錫安出生，已經好久沒有人以本名稱呼我了，大家都叫我「錫安媽媽」。

錫安第一次上復健課，就跟另一個小男孩共用同一間教室。男孩比錫安大六個月，復健老師總是稱他為哥哥，錫安為弟弟。我不知道孩子的名字，也這麼跟著老師叫他哥哥，而哥哥的媽媽，理所當然就是「哥哥媽媽」囉！

雖然是哥哥，他的體型卻只有錫安的四分之一。小小的身體、小小的五官，我像是看見一個五臟俱全的模型娃娃，學著爬行、走路。經過時，我都要特別注意，深怕一不小心擦撞到他，嬌小的哥哥便會粉身碎骨。

我一點兒也不誇張。試著去想像，這麼小的娃娃。

在復健室裡，媽媽們通常都是安靜且帶點羞澀。靜靜的偷偷打量彼此。我也是。有些孩子從外表就看得出來不一樣，我都轉眼不看，怕自己不經意的眼神會傷害到孩子的媽媽。跟一般學校或托兒所不同，這裡的媽媽不會交換育兒心得或抒發感想，因為不愛提起自己的孩子，也不怎麼想打聽別人的。我們不喜歡社交，下了課，感謝老師之後，頂多和熟識的媽媽打聲招呼，便趕緊帶著孩子離開，一刻都不願久留。復健室更非孩子遊玩的場所，因為牆上再怎麼鮮豔的卡通圖案，都掩蓋不了牆邊擺放的矯正器。復健室總瀰漫著一股低氣壓，這裡是訓練的兵營，是與病魔奮鬥的戰場。

所以我喜歡看見「哥哥媽媽」。她矮矮胖胖的，裝扮樸素，抱著一個迷你娃娃，有著爽朗的笑聲和輕快的腳步。看見她，我幾乎忘記自己是在醫院裡，以為只是到幼稚園玩玩。哥哥從出生就開始做早療，幾年下來，哥哥媽媽認識所有的復健師，與他們的相處就像朋友一樣。哪個復健師離職了，哪個快結婚了，她全都知道。上課時，我常常聽到她大呼小叫的稱讚兒子，好棒、好壯、好厲害！似乎所有字典裡找得到形容勇士的辭彙，哥哥媽媽全都倒背如流，一股腦兒用在兒子身上。

因為同屬一位復健老師，即使各做各的運動，「哥哥媽媽」和「哥哥」都跟我們一起上課。那天，錫安趴在地上，發脾氣不願拉筋。課程只有半小時，眼看十五分鐘過去了，我鼓勵兼恐嚇，但他仍舊大哭大叫，連老師都束手無策。

當我正打算放棄，把錫安抱出教室，耳邊突然傳來高亢的聲音：「弟弟不要哭！跟哥哥一起做！」抑揚頓挫的音調精神飽滿，我抬頭看，哥哥媽媽正陪兒子走獨木橋，哥哥搖搖晃晃的，試著平衡自己，慢慢朝我們這邊移動腳步。

等到他終於走到盡頭，哥哥媽媽大肆讚美兒子一番，隨即帶他走到錫安身邊，說：「哥哥來，跟弟弟說加油！」

哥哥雖然站著，卻只比躺著的錫安高半個身量。他發出咕咕嚕嚕的聲音，用只有他懂得的字彙鼓勵弟弟。大概是休息夠久了，或是真的因為旁邊有人精神喊話，錫安竟然爬起來繼續練習！

十分鐘之後，身邊傳來一陣巨大聲響。是哥哥，他「啪啪啪啪……」的用手奮力打地板，拚命搖頭，意圖非常明顯。哥哥媽媽的讚美詞一點用處都沒有，他小小的手掌打得發紅，這次換我開口：「哥哥加油！跟弟弟一起做喔！」

他啜泣著轉向我，又看了在地上扭來扭去的錫安一眼，決定給個面子，再一步步艱難的往前。哥哥跟弟弟以一種其他人不能了解的奇特方式彼此激勵，「哥哥媽媽」和錫安媽媽於是相識了。

其實我們並沒有時間聊太多，只是見了面一定打招呼，點到為止地問問孩子的情況。更多的時候，我們為彼此的孩子打氣，「弟弟好棒」、「哥哥加油」的聲音此起彼落。兩個孩子都還不會說話，這樣的精神喊話，讓空蕩的教室溫暖起來，讓兩個媽媽比較不孤單。

我們會「試著」讚賞彼此的寶寶，即使知道對方的孩子都不夠完美，還是盡力找出可以的特點。她總是羨慕的說錫安好可愛，我是好媽媽，把兒子養得白白胖胖；無視於張力過低的錫安，根本就是一團攤在地上的肉團。我則刻意避開「小」或「瘦」這些字眼，說哥哥進步得好快，眼神靈敏，非常懂事，發出的疊字越來越多，好像快要開始說話了啊！

哥哥媽媽每次上課，都得搭一個多小時的公車來醫院，我問要不要載他們去站牌等車，她都客氣的婉拒。矮小的身材，身上扛著一個迷你娃娃，像是妹妹揹著洋娃娃！幾次我們一起搭電梯，旁人看到母子倆都不免低聲驚呼：「哇！怎麼有這麼小的寶寶！」

一句無所謂的評語，即使不帶著惡意，都能傷媽媽的心。她不是繼續跟我說話，就像是沒聽到似的出了電梯往前走，只是越走越快。

最近上課都沒見到母子倆，我心裡惦記著，不知道他們好不好。那天，我推著錫安走進醫院大門，轉角閃過一片熟悉的身影，我大喊：「哥哥媽媽！」

她轉身，哥哥被懷抱在胸前。她笑容滿面的向我走來，我問，這些日子你們到哪裡去了。她才告訴我，復健老師幫孩子調課，現在上難度比較高的課程。

我恭喜他們：「啊！哥哥畢業啦！升級了！」哥哥小小圓圓的眼睛盯著我看，又望向在娃娃車裡咬玩具磨牙的錫安。

哥哥媽媽笑著說：「是喔！我都沒想到，哥哥我們畢業了！去讀研究所了！哈哈哈！」

聽到媽媽的笑聲，哥哥轉頭看她，伸手摸了摸媽媽的臉，細細的手像鳥爪，他說了：「媽媽。」

「啊！會叫媽媽了，哥哥好棒喔！」我驚呼。

哥哥媽媽興奮的說：「對啊！上星期他吃飯吃到一半，突然開口叫媽媽！之後就一直會叫我媽媽了耶！」

沒有時間再聊了，她要趕公車回家，而我要趕上課。「加油加油！」我們對彼此精神喊話。之後，她往門口，我往電梯走。

走遠的時候，我轉頭看她，她剛好也轉頭看我。我們揮手再見，她矮小的身影隨即被人群淹沒。哥哥媽媽，我們一起努力，盼望哥哥健康的長「大」，知道媽媽的辛勞，有天你走不動時，他也能夠帶著你到處去。

「錫安，今天要好好練習，不可以又偷懶喔！趕快畢業，跟哥哥一樣！」我叮嚀兒子，眼看遠遠的一座電梯門開了。

「你坐好喔！」若是趕不上這次電梯，又要多等個好幾分鐘，我推著娃娃車開始跑。車子在速度裡搖晃，微風輕拂錫安的臉龐，像是在搔癢，他開心的尖叫起來。

盛夏

醫生說：「發作時是沒有意識的。」

我知道。

醫生繼續說：「所以她不知道痛，也沒有哭。」

我知道，因為家裡每天上映同樣的畫面。

鬧鈴開始作響的那一秒，我恰巧睜開眼睛。起身把鬧鐘關掉，兒子在娃娃床裡東張西望，不知道已經醒來多久了。看見披頭散髮的媽媽坐在床上揉眼睛，他興奮地站起來，扶著床沿蹦蹦跳。

「寶貝，早！」我努力撐開雙眼。

他咿咿啊啊的大聲喊，好兒子，一大早就給媽媽這麼有精神的問候。

聲嘶力竭的蟬鳴比鬧鐘更響，不必換電池、永無殆盡的音浪，在空氣中層層疊疊、一波又一波地湧來，這是盛夏的樂章。兒子順著聲浪望去，又大又圓的頭轉來轉去，什麼都沒看到啊！他疑惑的轉向我，像是在問：「媽媽，那是什麼聲音？」

抱起他，我輕輕搖晃：「不要怕，那是蟬在唱歌。」

整個早上我忙得團團轉，趕在四小時之內完成一天該做的家事。兩個月前，我報名了一場由醫院舉辦的研討會，今天下午就得報到。兒子的狀況比較特別，一時找不到合適的保母，原本想著不去了。妹妹知道我的顧慮，特別向公司請了半天假，由她來照顧外甥，好讓姊姊可以安心參加。

我千叮嚀萬交代，煮好的午餐在電鍋裡熱著，兒子飯後半小時一定得吃藥。妹妹好啦好啦的敷衍我，阿姨與外甥相見歡，又是尖叫又是大笑，說再見時，兩個人連看都沒看我一眼。

已經好久沒到那個醫院去了。開上高速公路，我努力回想著該下哪個出口、在哪裡轉彎。直到駛入那條雙向八線的寬闊道路，遠處連綿的蒼綠山脈，橋下蜿蜒的銀灰河川，我隨即知道方向正確了。

因為回憶，如夏日蟬鳴猛撲而來。

第一次到這家醫院，是陪著堂姊探訪病中的母親，我的二伯母。當時我的學校就在醫院附近，堂姊下班從台北趕來，我們便在醫院會合。從小到大，我的暑假幾乎都在堂姊家度過，堂姊妹猶如親姊妹。二伯母經營一家早餐店，只要我來作客，每天早上都可以吃到她獨門研發的美味漢堡，外加一杯奶香濃郁的綠豆沙。許多連鎖早餐店紛紛提出高額權利金，要向二伯母買下漢堡肉的配方，但二伯母無心做大，她總是笑說，安分做生意就好，榮華富貴不是每個人都能消受的。

陪堂姊去看二伯母，我其實沒有太多感覺，只當作是姊妹聚餐。院區附近有家出名的麵食店，我們邊聊邊喝小米粥，咬著漿汁爆溢的牛肉餡餅，好不愜意，癌細胞似乎遠在天邊。我一直以為癌症發現得早，二伯母只是短暫住院，不久之後就能回到店裡，繫著圍裙做早餐。大學生活多姿多采，社團與課業佔據我所有心思，我沒有用心看，看不出二伯母迅速的憔悴；看不見，生命的脆弱和卑微。

直到我握著堂姊的手，站在近乎昏厥的她身邊，目送著棺木緩緩被推入火場，我愣愣的，說不出一句安慰，震驚大過於悲傷。什麼？這樣就沒有了？一個人可以就這麼永遠消失，塵歸塵、土歸土？

那幾年，堂姊鮮少再來學校找我，因為不願經過母親病逝的院區。反而是我，去那個醫院的次數越來越多。

停了車，我按著主辦單位寄來的地圖往會議廳走。快要十年未曾造訪了，原本寥寥幾家小吃鋪，拓展成有如百貨公司的美食街，人聲鼎沸。咖啡廳、麵包店、藥局和禮品部，各式各樣，應有盡有。轉變太大，擁擠的人群中我全然失去方向，眼看會議即將開始，我直接到服務台問路。

「這個門出去右轉，你會看到懷恩堂。懷恩堂之後再往上走就是了。」

懷恩堂？我記得懷恩堂。大學那些年，教會的長老三不五時要問哪個會彈琴的學生有空。某某人的告別式在懷恩堂舉行，需要伴奏。無論溽暑寒冬，只要當天沒課，我便扛起那台齊肩高的電子琴，騎摩托車到懷恩堂彈琴。

我低著頭，認真彈〈奇異恩典〉、彈〈是愛的神作我牧人〉。親友們哀痛欲絕，沒人留意那位司琴的陌生女孩。坐在會場最角落，我誰也不認識，只能盡心伴奏，陪伴一段未知生命的離開。哀戚的氣氛裡，我聽到他或她的人生歷程被述說，了解他或她的成長、奮鬥、家庭與病痛。一個小時內，我認識了一個人，又馬上失去了這個人。望向高高懸掛的照片，那張臉孔看來既熟悉又陌生。

回宿舍的路上、烏煙瘴氣的車陣中，我不禁要想，當自己也這麼沒有選擇的躺下，有誰記得？又將如何被紀念？

走向懷恩堂，偌大的院區，居然還夾著一個小小的眷村，我從來不知道也沒經過。

日正當中，我後悔自己把車停得太遠。如果是個微風輕拂的下午，這樣散散步或許也不錯。但烈陽曬得我汗流浹背，炙熱似乎延長了路程，明明大樓就在不遠處，怎麼有種走不到的錯覺？

終於抵達會場。我氣喘吁吁，馬上被櫃台人員引向簽到處。仔細一瞧，與會者幾乎都是教職人員，服務單位從幼稚園到高中都有，參加研討會可抵用上班時數。研討會並不對外開放，報名者必須通過主辦單位的篩選，才能收到入會證。填寫報名表時，我巨細靡遺的描述兒子的病情，會中討論的議題對我而言何等重要。在服務機關和職業那一欄，我硬著頭皮寫下「家長」，遲疑了一會兒，又在「家長」前面加了「病童」兩字。「病童家長」應該比較有力吧！我真的很想參加這場研討會。

身邊的女老師們一坐下來就邊補妝邊聊天，聊的多半是學生狀況或學校政策，放眼望去都是三兩結伴，嘰嘰喳喳。研討會像是他們放鬆與交換心得的時刻，比較起來，打開電腦要做筆記的我似乎突兀了些。

燈光漸暗，大家安靜下來。醫生群輪番上陣介紹各種病灶，我翻著講義，兒子發病以來，我自修了許多相關書籍，上頭寫的我多半已經讀過。正懊惱著自己好不容易來了卻學不到新知，接著上台的醫生說他將跳過學術理論，直接播放臨床影片，從中比對病症。太好了！對我這樣每天需要面對病患的照護者，案例比理論更為實際。

熄了燈，白幕緩緩降下。醫生連接投影片和電腦的同時，開玩笑地囑咐眾人別在黑暗中打瞌睡。隨後卻自言自語的加了一句：「我想你們看了也睡不著。」

片子裡記錄著各式各樣發病時不同狀況的患者，搭配他們的腦波圖。螢幕上，我看見兩張床，大床是病人，側床是家屬，影片側錄著凌晨三點零六分。病人沈沈睡著，腦波紋路平和地起伏，像是安穩的心電圖。

「這是夜間錄影，媽媽跟兒子都在睡覺。現在你們注意看病人的手，微微抖動……」醫生拿著紅外線筆燈，指向螢幕。

我注意看，那隻手開始不自然的抽搐，他在抓什麼？抓床邊那條求救鈴！但他在還沒碰到前就失去意識了。腦波圖高低上下彈跳著，越來越快、越來越快，直到整張白紙被黑線亂亂畫著、速速塗滿。病人全身抖得極厲害，整張床都在搖動，圖表一片漆黑。此時，熟睡的母親猛地驚醒，衝到病床旁邊，按下那個兒子發作前來不及抓到的鈕。

我輕輕的，把頭傾向右邊，再傾到左邊。把眼睛睜大，讓淚在裡面轉啊轉的，沒有流出來。

這才是第一個病人，還有第二個、第三個……每個人的發病不盡相同，可是從側床上跳起來的父親或母親，神色都一樣慌張。我聽見有人在擤鼻涕，身邊的女老師們拿下眼鏡拭淚。螢幕中，有個與兒子年紀相仿的小女孩坐在病床上，醫生暫停影片，先向我們簡報：「現在我們要看的這個病患，是典型的點頭式癲癇，此種發作最常發生於三歲以下的幼童……」

話沒說完，大概是他不小心按到播放鍵，突然間，像是有人從小女孩的後腦勺使勁一推，她的頭「砰」一聲撞向床邊護欄！全場「啊」的同聲驚呼！女孩的母親和護士連忙把她拉起來，撞擊力那麼大，小女孩卻沒有哭。

醫生說：「發作時是沒有意識的。」

我知道。

醫生繼續說：「所以她不知道痛，也沒有哭。」

我知道，因為家裡每天上映同樣的畫面。

腦部異常放電，就像一波波兇猛的海浪，每拍打一次，女孩就用力點頭一下。我的眼睛再怎麼睜也不夠大，擋不住淚了。

大學畢業前一個月，因為劇烈牙痛，我只好踏進生平最厭惡的牙醫診所。雷射照影是例行檢查，但當醫生看到片子，他要求我馬上去大醫院找耳鼻喉科，並認為蛀牙的問題並不大，倒是牙齒上方的鼻腔裡，有一塊不正常的白色陰影。我不懂，牙痛怎麼會是鼻子的問題，著急的問：「很嚴重嗎？」

醫生催促著：「我不敢說。你要做徹底檢查，大醫院就在附近，現在去還來得及加掛下午的門診。」

初夏，溼熱的風吹著吹著，吹到我騎機車的手居然微微發冷。我加掛到一位女醫師的門診，那片白色陰影原來是躲在鼻腔裡的一塊瘤。她要我有心理準備，為了把腫瘤挖乾淨，必須把臉剖開再縫上。

我嚇壞了，惡夢連連，好幾次夢到自己成為科學怪人的新娘。父母憂心的四處詢問，終於為我找到一位耳鼻喉科的主任醫師。一見到他，我擔心的不是病情，而是劈頭就問他是不是也要割我的臉？為了不破我相，主任醫師決定使用內視鏡手術，但因內視鏡的角度有限，腫瘤可能清得不夠徹底，他要求我至少一年內必須每個月定期回診，況且此腫瘤再度復發的機會極高。

生平第一次，我住進醫院，爬上冰冷的手術台，從麻醉中掙扎地醒來。雖然是個簡單的手術，但鼻腔傷口不知為何感染而無法癒合，害我不能出院。傷口發炎，使我不僅發高燒，還痛。痛到眼前發黑，感官影響知覺，即使睜開眼，看到的只是茫茫一片。痛佔據了所有感覺，任何人事物映在眼底，對我來說都失去意義。

我來不及參加畢業典禮，國外研究所的申請也無限期停擺，出院時，同學們都已畢業，有些甚至開始上班了。那年夏天，我不得不向現實低頭，放棄出國的願望，頂著烈陽到處面試，終於被一家大公司錄取，好心的主管甚至准我每個月請一天假，回醫院定期追蹤。即使保住臉蛋、得到好工作，我卻變得憤世嫉俗。往醫院去的捷運上，望著窗外的淡水河，陽光閃耀，粼粼波光亮得刺眼。我討厭，討厭生命的無常，討厭醫院的白牆，該死的腫瘤會不會又再復發？這輩子到底能不能照我計畫？

生命待我不薄，腫瘤沒有復發，我依自己的計畫生活了近乎十年。出國讀書、就業、成家後，再度回到這個島嶼生活，又回到這家醫院。只是這次，不再為著別人或自己，而是因著那位聽到蟬聲會擔憂的男孩。想起從前，我學會生命的功課了嗎？有沒有長大一點？

坐月子的時候，我總是向家人和朋友讚嘆，兒子很聰明喔！每次喝完奶快打嗝的時候，都會眨眼示意。一個月後，我帶兒子回醫院打疫苗，醫生正好目睹這個「聰明的行為」，隨即將兒子轉到腦神經科。經過種種檢查，他們告訴我眨眼是癲癇所致，兒子的腦葉有一個洞，他的智力和發展都將被影響。

於是，我再次被迫放下自己的追求，陪兒子住院出院，餵他吃藥，保護他發作時不受傷。我慢慢習慣醫院的白牆，漸漸釋懷於生命的無常。剛開始是出於無可奈何，因為光是過日子就已經太疲倦了，我累到已經沒有精力去感覺，我只能妥協。妥協中，我靜下心，才慢慢學著無盡的忍耐，學習真正的剛強。

散了會，我走出大樓，驕陽不再，早已蛻變成柔和的夕陽。打電話給妹妹說要回家了，問她想不想吃牛肉餡餅。她回答怎麼可能不想？我們都笑起來。轉個彎，我買了餡餅，再為兒子添了碗小米粥，繼續上路。

我往前開，向晚的街道車水馬龍，人人歸心似箭。我開進車流中，天邊彤紅的晚霞鑲著金邊，徜徉在藍紫色的天空裡。寶貝，你在做什麼？有沒有聽阿姨的話？媽媽不知道還能有多少個夏天，可以告訴你不要懼怕洶湧的蟬聲？媽媽不知道你還需要多少個夏天，才能離開波濤起伏的病浪？

不管多少個夏天，媽媽都會陪你一起度過。寶貝，媽媽回家了。

畫線

每次復健師問我，錫安走完五分鐘了嗎？怎麼這麼快就放下來了？我都低著頭。

是誰在我兒子的腦中畫線？

一圈圈像是頑皮的孩子在牆上胡亂塗鴉，一團團有如貓兒將毛線球狂拉亂扯，那竟是我兒子的睡眠腦波圖。

「怎麼睡著了還有這種異常現象？不行，要找醫師來看。」檢查師喃喃自語。

錫安沈穩平和的睡著，我一直以為兒子睡夢時最不受病魔的侵害，看到了腦波圖才知道，睡眠中仍然被攻擊。肉眼看不到，只有機器才知道。該是高低起伏規律的波紋，竟糾結成一團、纏成亂七八糟的線。

「那個媽媽又在打女兒了！」帶著錫安坐在教室，我聽見幾位媽媽正在向復健師告狀。

我看過那位媽媽，也被她的憤怒嚇過。她長髮及肩，白淨勻稱，穿著一點兒也不俗氣。看得出當媽媽之前，或說有了生病需要復健的孩子之前，是個條件極優的女人。

但第一次注意到這號人物，不是因為看見姣好的面貌，而是聽見一道尖銳的聲音。在復健教室裡，上一堂課結束了，下一堂課尚未開始，三、四個媽媽正陪著她們的孩子各自練習矯正器，或複習剛才老師教過的動作。我正蹲在門口幫錫安脫鞋，突然聽到一個女人破口大罵：「你做不做！你明明做得出來，為什麼不做？」

我探頭看，一個大約十歲的女孩耍賴似的躺在地上。身旁的女人雙手扠腰，面紅耳赤的叫囂，完全不在乎教室裡還有人，也不擔心自己的聲音會嚇到其他孩子。

「你要拖累我到什麼時候？我要陪你到什麼時候？」被罵的女孩不說話，也不願起身，就這麼攤著。

她越罵越氣，一把將女孩拖起來，關進一個平常擺放復健器材的小倉庫，指著女孩大吼：「你做！你不做我就不放你出來！」

她砰一聲把門關起來。原本沈默不語的女孩，一進入密閉空間就開始不停的哀叫：
「媽媽！我要出去，我不是故意的，我做不出來……」

她在門外踱步，踱沒幾下又貼著門大聲問：「怎麼可能做不出來？你再用力一點就可以做到！你做不做？你做我就讓你出來！」

女孩還是哭著回答同樣的話。

其他媽媽告訴我，她總是拉著女兒，氣沖沖的來，氣沖沖的走。她堅信她女兒能夠達到所有復健師要求的動作，只是故意不做、故意偷懶。我不知道她女兒得了什麼病，但若我有這樣的母親，我寧願賠上性命也要做出她要求的，好讓她不處罰我，不在眾人面前謾罵我。

關禁閉還算小懲治，那天她當著眾人的面，把女兒的腳打到又紅又腫，連老師都忍不住開口勸導：「媽媽，你這樣逼她沒有用，只會讓她對復健更反感啊！」通常什麼場面都看過的復健師是不太干涉母親如何教導孩子，他們有太多人需要負責，沒有時間停下來勸誰。

一位勸不動這位母親的復健師同情的說：「這個媽媽每次帶女兒上跑步機，都要求她做完半小時才可以下來，不能休息，還要走直線！其實這樣的孩子能走八分鐘以上，已經很不錯了，沒有人可以走到三十分鐘，更何況是以直線走完全程！」

錫安也需要上那台跑步機，他每次被吊在上面，跑步機還沒啟動，他就開始聲嘶力竭的哀號，走多久就哭多久。很多次，我都不到三分鐘就偷偷把機器按停，每次復健師問我，錫安走完五分鐘了嗎？怎麼這麼快就放下來了？我都低著頭，不好意思回答。

媽媽帶兒子偷懶，真是不應該！如果我有那位母親千萬分之一的精神，錫安會不會更好？或許會。可是當我看見兒子豆大的淚珠，痛苦的表情，鐵了心對自己說，如果兒子因為沒在這個機器上練習到十分鐘就不能走，那老娘我就扛他一輩子吧！

年輕的時候，總以為擺在前頭的路就直直的走，有喜有悲的小插曲，可以接受；途中或有春夏秋冬，風景不同，但總不會差太多。沒想到，前頭的路可以亂成一團，可以全部改觀。

我只能在複雜的線與線中摸索，想找出頭緒，想盡力走直；卻常是碰壁撞牆，灰頭土臉，混亂將自己搞得不復從前、旁人卻看得出的徹底崩潰。

我完全明白那位媽媽的心情。她的憤怒與遷怒，她為了孩子失去的機會與青春，我只是沒有明說。說那種目睹孩子越來越落後的焦急，說那種離開直線進入迷團的遺憾，說那種早知如此何必當初的後悔。

看著錫安的腦波圖，我悲憤卻無法對他發怒。他不是故意把纏亂帶給我，他教我而我仍在努力的學，如何亂中有序的生活。

變奏曲

錫安發作的時候，像是觸到高壓電，眼睛翻白，雙手舉高。

他怔怔的眼神裡有好多話，剛開始我不敢看他；一天十幾次這麼下來，我不斷逼自己直視那道目光，語氣堅定地告訴他，不管你發作多久，媽媽永遠在這裡陪你。

我抽出顧爾德的〈哥德堡變奏曲〉，讓片子緩緩滑進機器，聽著不斷迴旋的音樂，讀著隨附簡介：「變奏曲將樂曲最初呈示的主題不斷反覆，次數不固定，在反覆過程中有變化，可以由不同的樂器配法在音色上求變。此種主題變形，又名變奏……」

本質不變，表顯改變；主題不變，呈現改變，所以就是「換湯不換藥」的意思嗎？外行人的我試著了解。

這麼說來，錫安也有一首屬於他的變奏曲，他正活在一場換湯不換藥的實驗中。

兩難

錫安換新藥，驚奇地沒有發作了，卻也產生驚人的變化。

他變得很暴躁，醒著的時候總是尖叫，睡了還會哭醒，醒來繼續鬧。用盡肝膽肺腑的狂叫、跺腳，聲音都啞了，還依舊吼個不停。他憤怒地自殘，奮力抓自己的臉，似乎下定決心要拔出耳朵、扯下頭髮。我抱他，試圖安撫他，他轉移目標，在我胸口上抓出一道道傷痕，用力咬我的肩膀和手臂，我痛得飆出淚來。

我很害怕，從沒看過自己的兒子如此生氣。

他哪裡不舒服？我不懂，因為他不會說話。我抱著他，讓他抓我咬我；我輕輕搖晃他，說對不起，媽媽真的不曉得你哪裡不舒服。

這是新藥，可能是副作用，依個人體質需要一至三個月的適應期，醫生說。他沒發燒感冒、腸胃蠕動一切都好，媽媽你要忍耐。醫生又問，怎麼別的小孩都只是較為沮喪、想睡覺罷了，你的小孩竟然這麼激動？

我不知道，我不是醫生。

不贊成我尋求西醫治療的朋友都說，西藥有太多副作用，治標不治本。我還聽過一位媽媽說，寧願小孩因為抽筋變得笨笨的，也不要因為承受太多副作用而變成笨蛋。

我不清楚她孩子的情形。然而錫安發作的時候，像是觸到高壓電，眼睛翻白，雙手舉高。每抽筋一次，就癟嘴一下，想哭又來不及哭，因為發作一波波地來，到最後只能無語問蒼天地望著我。他怔怔的眼神裡有好多話，剛開始我不敢看他；一天十幾次這麼下來，我不斷逼自己直視那道目光，語氣堅定地告訴他，不管你發作多久，媽媽永遠在這裡陪你。

曾經在診間外跟一位媽媽聊天。交換心得時，她「非常羨慕」錫安的發作次數：「一天才十幾次喔！我女兒每天發作兩百多次，一張A4紙都記錄不完，你兒子現在吃什麼藥啊？」

我望向那個軟綿綿、趴在媽媽胸脯上的女娃，心痛得說不出話來。

繼續服藥、換藥、適應新藥品，對我來說，已經不是讓小孩變笨或聰明的選擇。孩子在受苦，媽媽唯一的期盼是減輕他的痛。只要他不發作，不那麼難受，老實說我連嗎啡也願意給他。

兩難的定義很獨特，它是結局好壞同等模糊的選擇題，有一好就不能有二好。該去不感興趣卻名列全球百大的公司，還是去產業有趣卻委身在公寓裡的小公司？是否該放棄好工作一圓出國讀書夢？該選擇不怎麼愛你，你卻沒他不能活的，還是那個永遠在你背影守候的？該拔管結束痛苦，還是行屍走肉地靠機器假性活著？

人的一生會碰到許多兩難，只是我沒預料到有這題：該讓兒子忍受苦不堪言的副作用但無發作之苦，還是讓他回復以往笑容，卻被突如其來的抽筋搞成一副呆樣？

菜單

靠餐桌的牆上長期貼著一張A4紙。上面記錄錫安一天三次服用的藥物、該什麼時候餵他、是空腹還是飯後、藥與藥之間該隔幾分鐘。兩年多來，兩三，甚至四種不同的藥交叉配用著，嘗試過的藥品多達十幾種。醫師常因為錫安的狀況難以控制而改變藥物組合，沒有驚人記憶力的我只能像是開餐館似的，在牆上貼了又撕、撕了又貼一張張本月特餐。盯著被膠帶反反覆覆、蹂躪到快要斑駁的牆，我想在紙上寫著：

主廚推薦

前菜：鵝肝冷盤佐無花果醬或生菜沙拉佐義大利酸醋醬

湯品：香芹菜冷湯或烤洋蔥湯

主菜：蜜瓜香烤嫩鴨腿或八盎司肋眼牛排

甜點：火山熔岩巧克力蛋糕或焦糖布丁
飲料：義式濃縮咖啡、紅茶或現榨柳橙汁任選
或是
兒童特餐
前菜：炸雞塊或洋蔥圈，各佐以青花菜和紅蘿蔔塊
湯品：玉米濃湯或南瓜濃湯
主菜：茄汁海鮮義大利麵或鮭魚炒飯
甜點：香蕉船（可選自製冰淇淋各三球）
飲料：各式奶昔或新鮮果汁

貼上新的白紙，我拿筆寫上新藥名、藥量及種種注意事項。看著新的藥單，想起我的菜單，心頭突然湧起一陣噁。

氣球

錫安只有在吃喝東西時不哭泣。

他到底是長期處於飢餓狀態，還是根本不知道自己是餓是飽？餵他吃飯、給他喝奶，當他嘴巴忙著處理食物，我才能享有片刻安寧。

可是我不能一直餵他。看著他不知是因為哭得用力還是吃得脹氣而越來越大的肚子，我想，他會不會越來越圓，越來越鼓，終將變成氣球飛上天？

他可能不是天上最大的一顆，卻是世界上唯一會哭的氣球。因為他飛得太快太高，拿著飯碗的我來不及把飯塞進他嘴裡，他又開始哭了。

孩子

丈夫總是出差，我一個人二十四小時與錫安同在。

以為自己早已適應了持續不斷的尖叫，其實不然。麻木地，在噪音中我堅持原有的生活，可是走到廚房卻忘了要煮什麼，拿了毛巾卻記不起要擦哪裡，擦兒子擦自己還是擦地板？

他一直喊、一直喊，我聽不見電話在響。當我終於聽到響聲接起電話，在他的尖叫中，我聽不到對方的聲音。

他不舒服，我也是。我們一起從窗戶外面走出去吧！兒子，九樓不高不低，要過一下子才會抵達地面。

我不去想自己還能撐多久，撐一秒算一秒。面對哭到快休克的兒子，我做我該做的，帶他去醫院復健、餵飯、餵藥、做家務。面無表情，我幾乎不對他說話了，反正他吼得那麼大聲，也聽不到我的聲音；反正他聽到了也不懂；反正我盡力維持自己跟他活著就好。

他自虐，我抓起他的手就打，大吼不可以！他哭得更大聲，我只好放棄。幫他洗完澡、穿好衣服，我全身也溼了，把他放進小床裡，他扶床沿站著繼續哭。狠下心關上房門，他一個人在黑暗中叫得淒厲。

我溼淋淋的站在門邊，冷得發抖，不知道要怎麼辦。他還要喊多久？會不會抓傷自己？是不是該等他哭累睡著才離開？我好想沖個熱水澡。

轉開水龍頭，我站在熱水下，聽著孩子聲嘶力竭的哭嚎，分不清臉上那股熱流到底是水還是淚。

面對生命不按牌理的猛烈出招，我發現自己根本沒有招架的能力。我也只是一個需要被保護的孩子，連洗澡的時候也是。

在你身邊

你要我原諒你接下來要說的話：「錫安是從零開始，所以他有一點小進步你就會很開心。可是我兒子就像從一百分開始退步，我好害怕，他怎麼會變成這樣？我要怎麼救他？」

不久之前，你打電話來，問錫安的復健老師是怎麼教的，物理和職能治療有什麼差別，健保給付多少次課程，可不可以在不同的機構上課。種種超乎純粹問候的細節，令我有點擔心，報告完畢後馬上問你：「怎麼了嗎？」

身為罕病兒的媽媽（其實錫安也不屬於罕病兒，到目前為止醫生還說不出原因，也沒有症候群可以歸類，只是說罕病大家比較容易理解就是了），我很少有機會與其他媽媽分享師資或比較學校，除非彼此同為病童家屬。孩子的狀況帶著母親進入截然不同的世界，別人找的是音樂老師，花大錢培養小孩成為莫札特；我找的是復健老師，花大錢只為了讓小孩有機會喚我一聲「媽」。聽到你的問題，我當然樂意分享資訊，卻不樂見任何人需要這類幫助。

你開始說，兒子的幼稚園老師建議你帶他去醫院上課。「他不是都好了嗎？」我問。

「是啊！我也以為他畢業了啊！」你有點煩，畢竟誰都不願聽到自己的孩子又得到醫院復健。

我還記得那陣子，你的擔心、禱告與得知孩子復原後的快樂，像是洗一場三溫暖。我們討論，這點小問題有嚴重到必須復健嗎？小孩都會耍點小脾氣，都有喜歡與抗拒。這年頭醫學名詞是不是太多了？太安靜的就像自閉症，坐不住的就被說成過動兒。

我們感慨，以前看來是問題兒童的某某現在不也很好嗎！不過既然醫生評估後也幫孩子排課了，我勸你，先不要因為它叫「復健」就排斥。把這種課當作潛能激發、體能訓練，小時候就能把毛病改過來，總比長大定型後容易得多。你嘆口氣，算是同意了我。

你很認真，大量蒐集相關資料。我因此也受惠，只要是跟錫安沾上一點邊的訊息，你馬上就轉寄給我，還收到許多你看過的書。如此百分百的投入，也激勵我主動吸收資訊，不只是被動地上課。

當孩子從復健課畢業，過來人的你知道錫安仍須奮鬥，常常為我打氣加油。晚上我們講電話，你會帶著兒子一起為錫安禱告，聽著他稚嫩的聲音輕輕說：「主耶穌，求祢保守錫安弟弟健健康康。」我想，就算神不聽我的禱告，也會聽你兒子的吧！祂不是說過嗎，讓小孩子到我這裡來，祂喜歡孩子們的單純。

雖然兒子好不容易離開醫院又得回去，感嘆之餘，你仍舊乖乖配合。我們都推測這次會如同上次一樣，很快就可以畢業了。

那天晚上十一點多，你打電話來。先說對不起，你知道我最近忙著爸爸開刀的事，但，有沒有可能、有時間說一下話？你不是夜貓子，這麼晚打來又聲音緊繃，害我也跟著緊張起來，可以啊！你還好嗎？

你說，幼稚園老師希望兒子別再來了，先到醫院上課，還建議你去大醫院找兒童心智科諮詢。你以為他只是愛玩不專心，沒有老師們說的那麼誇張。直到前幾天陪孩子上課，不到十個字的句子他居然背不起來，等到要上台跟同學們一起表演了，他瑟縮在你身後不肯往前。

你威脅又利誘，眾目睽睽之下終於發怒了：「我告訴他，你什麼都沒有了！沒有卡通，沒有玩具，除非你現在出去表演，要不然我全部沒收！」

即使如此，他仍舊不願往前。回家，你收起脾氣，好好再教他一次，卻發現從前不必二十分鐘就可以記起來的句子，現在一個多小時了，兒子還背得零零落落。

你抿住嘴不說話，他擔心的不停保證：「媽媽，我下次一定會背起來；媽媽，我會更好、跟其他的小朋友一樣……」

說到這邊，你哭了。你問我，是不是你的錯，你是不是個壞媽媽。

你懊惱，怎麼不夠注意孩子的變化呢？怎麼會不知道他變成這樣呢？你要我原諒你接下來要說的話：「錫安是從零開始，所以他有一點小進步你就會很開心。可是我兒子就像從一百分開始退步，我好害怕，他怎麼會變成這樣？我要怎麼救他？」

曾經，錫安因為服用新藥，一夕之間發作全無。你可以想像我的快樂。我開心地想，沒發作就代表他的腦子不再放電異常；放電不異常就不會傷害到腦細胞；腦細胞不被傷害，他的發展就要跟其他的孩子一樣了呀！會說話、走路，說不定還可以彈琴還是踢球！我跟其他的媽媽一樣，開始為孩子編織似錦前程。

六個月後，錫安又發作了。無論劑量增加，還是再換新藥，零發作的時間越來越短，三個月、一個月、兩個星期……然後故態復萌。醫生的診斷是他體內具有抗藥機制，用過的藥物越多，越無法壓抑異常分子，藥物抵抗病情的時間因此縮短。

我永遠記得那六個月裡純粹的快樂，做夢的權利。可惜人生可以前一刻行走在雲端，下一秒直接溺斃於深海。然而患難生忍耐，忍耐生老練，老練生盼望。磨難多了，忍耐是第一個功課；學會忍耐，面對各種狀況比較容易老神在在。滿懷希望是不被情緒影響的最終結果，這很難，我還在學。

我想起知道錫安生病的第一年，你總是打電話來，叮嚀我不可以躲起來，無論錫安如何，我們都要陪他一起長大。

我想起你找資料的衝勁，讀到適合的教學就帶著孩子實行，知道的比起幼教老師有過之而無不及。你的問題，我沒有能力回答，只能陪你禱告。我不知道這次只是一段短短的經歷，還是一輩子的遭遇？我不知道這條路有多遠，什麼時候我們的寶貝才會好轉？但我知道你是個好媽媽，兒子的病不是你的錯。

我也知道無論孩子們將來如何，我都會在你身邊，就像你在我身邊一樣。

嘴角上揚的權利

在困境中，笑出來真的比大哭一場難得多。

我一直盯著那雙爛爛的藍白拖鞋。

夾腳拖鞋髒髒的，白底轉灰，黑色的鞋墊看不出它曾有的深藍。鞋底幾乎被壓平，踏著拖鞋的那雙腳有著黝黑的膚色，後腳跟皮膚粗糙、嚴重龜裂，大概需要兩次全套的足部去角質療程，才能回復它原有的面貌。

我低著頭，以四十五度角死命的盯著這雙藍白拖鞋，因為它的主人就擋在我正前方。窄窄的人行道上，推著娃娃車的我想超前卻一再失敗。我往左，藍白拖鞋剛好向左偏；往右，藍白夾腳又恰巧向右靠，我找不到縫隙往前鑽。

又到了秋老虎的季節。風很大，太陽也很大，兩者互不相讓，風吹得我睜不開眼，太陽曬到我臉上黑斑即將亂竄。超車不得，我只能放慢腳步；安慰自己復健課還沒開始，慢慢走，別那麼著急。

認命地跟在後頭走，我聽到串串大笑，抬起頭，努力睜大被風吹到微瞇的眼，這才明白為什麼藍白拖鞋總是左晃右搖。藍白拖鞋抱著一雙皮卡丘涼鞋，兩個人或許是父子，爸爸不斷逗兒子笑，在他耳邊說悄悄話，兒子仰天長「笑」，邊笑邊踢腳，皮卡丘搖搖欲墜，就快飛到我臉上。男孩身體不平衡，爸爸連忙緊緊抱住他。抱緊了，又開始逗兒子，兒子也很給面子地繼續哈哈笑。

爸爸背對著我，我只能看到男孩的臉，一眼就知道那是個特別的孩子。他和其他孩子一樣，眼睛鼻子嘴巴都長在臉上，也長對地方，卻怎麼看就是不對勁。可是他笑得好燦爛，在狂風烈陽下盡情歡笑，笑得連我都想貼近他們，到底是什麼事、什麼動作，能夠讓人這麼開心。

能笑是好的。不久以前，我才從醫生口中學到，笑是一種可以被失去的能力。那時候，兒子從對我嗚嗚叫、咯咯笑，到完全毫無反應，只有一個晚上。一夕之間，他失去表情、不發聲音，像個小小的、會呼吸的雕像。

原來，即便是一個牽動嘴角的本能反應，如同笑，也可能隨時被褫奪。沒有什麼能力是與生俱來，或永遠存留。

我問醫生他怎麼不會笑了，昨天還好好的啊！醫生告訴我，笑、或說情緒與感覺，都由大腦控制管理。如果那部分的腦葉受傷了，不管哭或笑，孩子有可能永遠無法表達情緒。那我該怎麼幫他？我能做什麼？醫生安靜了。我記得他眼底的無奈，你要怎麼告訴一個絕望的母親，其實她什麼忙都幫不了。只能在一旁目睹孩子的病痛或失去，卻什麼都不能做。

那一年，醫院近乎成了家，熟到我記得熱水器幾點會自動沸騰、洗好的被單病衣何時會放回大櫃子裡。樓層中，單人、雙人或健保病房，我都數得出來；早班、晚班和大夜班的護士，我也叫得出名字。

一次次陪兒子住院，起初我總是哭，如果醫院有長城，我不知哭倒了幾座。然後我怨天尤人，氣到在醫院打枕頭洩憤；慢慢我放空，學會麻木的藝術，拒絕感覺痛苦。

種種轉折，想必我控制情感的那塊腦應是功能良好，要不然怎麼可能有這麼多的層次啊？

最後我笑。妹妹來醫院探望我們，姊妹倆看錫安呆呆地躺在病床上，不是睡覺就是瞪著天花板，一動也不動。妹妹可以說的安慰話都說完了，我能哭能抱怨的都沒力氣發洩了，四目相對，靈機一動，錫安如此安靜乖巧，其實是最適合做造型的時候啊！我把白色頭巾摺成長條，綁在額頭上，就像日本人大喊必勝！妹妹把頭巾攤開，包住整顆頭，在錫安的下巴打個結，哎呦！真是個純情的採茶女！

錫安原本沒有反應，大概是被弄得有點煩，他撇了撇頭，綁在下巴的頭巾馬上就鬆開了。

「喂！你兒子的頭好大喔！頭巾居然綁不住他的頭耶！」妹妹開始咯咯笑，我也忍不住笑出來。

妹妹從包包裡拿出髮夾，我把頭上的髮圈摘下，錫安忽男忽女，造型千變萬化，每做出一個型，妹妹還用手機拍照留念。妹妹笑到彎腰，我則是連眼淚都笑出來了，趁著隔壁床的病人出去做檢查，整個病房都是我們的哈哈大笑。連晚班那位嚴肅的護士來換點滴，看到錫安也笑了。她還描述給其他護士們聽，以致病房不時有護士進來參觀。我懷疑，她們到底是來看大頭寶寶被惡搞、還是看可憐媽媽已經瘋了？

我止不住地笑，現在想起來真是有點神經了，而那些造型似乎也沒那麼有趣。可是大笑之後，我有種說不出的舒暢，心頭壓著的那塊大石似乎被笑聲震碎一部分。至於笑出來的魚尾紋呢？就當作是智慧的累積吧！

從此我學著笑，學著喜樂。這很不容易，因為在困境中，笑出來真的比大哭一場難得多。如同逆流而上，穿過所有傷心的洶湧急湍，上揚嘴角的努力必須像鮭魚洄游般的奮力。我望著前頭的父子，也跟著他們嘴角微彎。能笑真好！無論如何，歌唱勝過嘆息，生存總勝死寂。所以我總是提醒自己記得笑，不是因為知道明天會更好，而是明白「笑」是一項權利，一種福分，一個被賦予而非失去的功能。能笑是福氣，微笑好，大笑更棒！只要願意，沒有任何人事物能奪走，我嘴角上揚的權利。

十四

我膽戰心驚地看著、數著，你揮舞手臂平衡身軀，你眼睛緊盯前往方向。沒有失足跌倒、沒有腳軟坐下，你伸出雙手，在第十四步，投入我的胸懷。

當我數到十四的時候，許多不悅甚至絲毫不被留戀的畫面蜂擁而至、歷歷在目，刺眼到令我雙眼模糊。

我看見你第一次住院。你是那麼的小，小到可以在床上橫躺著，轉個三百六十度還不會翻下床。

我看見你，忘了是你第幾次住院？頻繁注射點滴的結果，讓兩隻手已經找不到可以埋針的血管，於是護士往你腳上去。兩個護士和我一起壓住你，腳上的皮膚比較

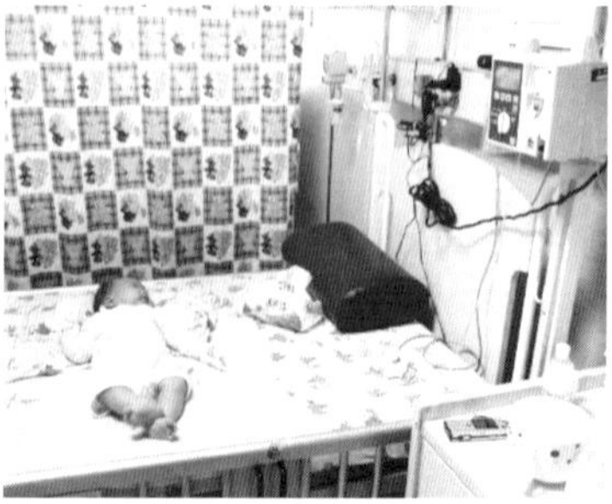

細薄，比扎針在手痛上百倍。你不會說話，卻沒有大哭大叫，豆大的淚珠從你眼中滾出來。

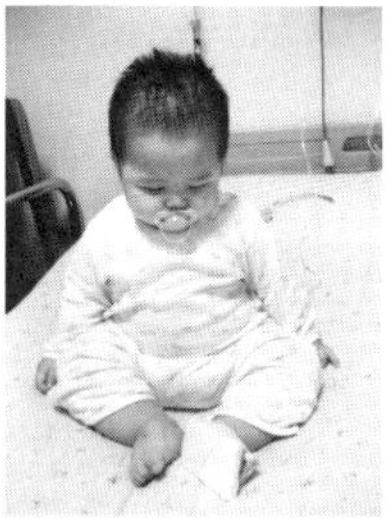

護士驚奇的讚嘆：「弟弟，你好勇敢啊！」看你不反抗，我更心疼。來不及擦眼淚，因為雙手還抓著你的大腿，我猛吸鼻子，怕鼻水滴下來。護士看著我說：「媽媽，兒子都沒有哭喔！」

回到病房，你嘖嘖的吸著奶嘴，覺得怪怪的，低著一顆頭仔細研究腳上的針管、繃帶和保護板。雖然好奇又不舒服，雖然我沒有教你不可以觸碰，某部分的你卻知道，這根針需要被埋在腳裡，所以你沒有摸。

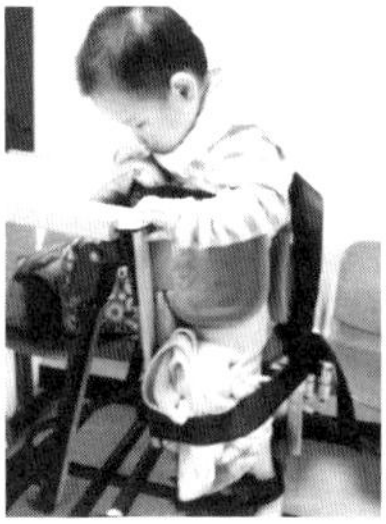

我看見你被塞進圓筒內，你還不會爬，復健師在前頭拉你，你仍然動也不動的趴在筒子裡。復健師用力搖晃圓筒，你隨著滾動直接摔出來，順便吐了一口奶。

我看見你垂頭喪氣的被拴在站立架上。你的膝蓋撐不起自己的身體，復健師不准你屈膝，我在你膝蓋四周塞滿

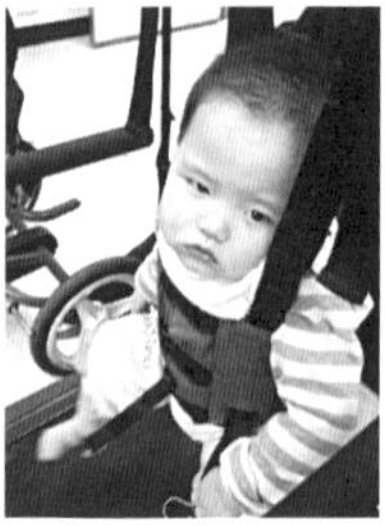

毛巾，好使你即使腳軟也不能跪下。你的確直挺挺的站立了三十分鐘，脖子卻軟趴趴的，下巴就快掉到胸前，神情一點兒也不符合雄赳赳、氣昂昂的身軀。

我看見你走在跑步機上，整個人被吊起來，一臉憂鬱。看見你腳踩鐵鞋，小腿綁著沙包，舉步維艱。

我看見好多個你，一起向我走來。但當你走出來，沒有矯正鞋，無需攙扶；沒有鐵架，不綁吊帶。我膽戰心驚地看著、數著，你揮舞手臂平衡身軀，你眼睛緊盯前往方向。沒有失足跌倒、沒有腳軟坐下，你伸出雙手，在第十四步，投入我的胸懷。

兩歲十一個月，你向我走來。生命本身就是奇蹟，從前我聽過，如今我懷抱。我緊緊擁住你，不完美的生命更得以見證完美的神蹟。

辛苦你了，錫安。你好棒，媽媽永遠愛你。

她的名字叫奇蹟

「嘿！不要放棄希望，你忘了女兒的名字嗎？她叫Miracle，奇蹟耶！」

過了一會兒，她彈出一排字：「對！我不會放棄的。」

第一次看到她、她還有她時，我的嘴巴微張。還好除了兒子，沒人看見我呆住的傻樣。

有兩個她幾乎一模一樣，若不是從衣服區別，一定分不出來。

一個她穿著深藍刷白靴型褲，咖啡色的V領上衣，棕髮挽成髻。臉上一副復古黑色膠框大墨鏡，活像奧黛莉・赫本從《第凡內早餐》走出來。另一個她則是淺藍色小喇叭褲，白色小背心套上桃紅針織衣，米色絲巾圍繞頸間，捲髮紮成馬尾晃啊晃的，青春洋溢。最後一個她粉粉嫩嫩，髮上夾著蝴蝶結，灰色小洋裝下露出七彩Leggings，鵝黃圓頭軟鞋，可愛到讓人想要咬一口。

三個辣妹一起坐下，就坐在我身旁，我深吸一口氣，淡淡香水陣陣飄散。

這種裝扮有什麼稀奇？台北東區比比皆是。然而在顏色黯淡的復健室裡，媽媽們普遍擁有「我沒空照顧自己」的髮型，酒精是最安全的香水、最熟悉的味道。當孩子必須練習高難度的動作，鼻涕眼淚口水流個不停，翻來覆去扭來爬去，最適合地板運動的衣服與抹布相差不遠。

我總是為錫安穿最舒服，但絕不是最可愛的衣服。自己一身不怕髒的黑，黑到兒子的鼻涕黏在身上也沒人發現。所以當我坐在教室地板上，一手抱錫安，一手抄筆記，抬頭看見三位在東區才會出現的潮女，聞到加了酒精卻不是酒精的香味，精神為之一振，眼睛就此捨不得離開。

她們不僅衣著令人抖擻，連說話也是。

兩位優雅輕熟女加上可愛妹，老師問誰是媽媽。原來復古墨鏡是阿姨，俏馬尾是媽媽，她們澄清兩人雖然長得像，卻不是雙胞胎喔！

那堂課，老師要求媽媽們依教材說故事，一個一個說。大家小時候都不是古小兔，長大了更放不開，在家講給孩子聽，什麼腔調都可以，可大庭廣眾下，全都一板一眼死氣沈沈，老師聽了直搖頭。

最後輪到新同學俏馬尾媽媽，她嘟囔嘟囔，發出好比林志玲的聲音，滴滴答答開始說故事，狗吠雞啼、貓喵鳥啾，只差沒說腹語。不僅媽媽放得開，連阿姨也加入聲效行列。

俏馬尾媽媽：「MiRuKo你看喔！這裡有一隻小青蛙呱呱呱，跳到小池塘……」大墨鏡阿姨緊接著：「撲通！撲通！」

媽媽：「然後有一隻牛牛走過來吃草草，MiRuKo你摸摸牛牛呀！」阿姨當仁不讓：「哞！哞！哞！」

我再次嘴巴微張，這對姊妹真是太神奇了！老師給予滿分肯定，命令所有媽媽都該這麼說故事。連不喜歡上課的錫安也停止扭動，安靜地聽她們一搭一唱。

我很喜歡跟她們一起上課，那種參加派對的精神感染了整間教室。她們不僅稱讚MiRuKo，也不吝惜鼓勵其他的孩子。

錫安曾多次令兩位阿姨拍手叫好，搞得我心花怒放，覺得自己的兒子真是不可多得的奇才！其實他只是把一顆豆子放進碗裡罷了。連一向嚴肅的老師也因姊妹花放鬆許多。

「老師，你長得好像女明星喔！有沒有人說你像劉若英啊？」老師不好意思地搖搖頭，雙頰飛紅。老師示範教材製作，大家依樣畫葫蘆，MiRuKo媽媽邊做邊說：「老師，看你的作品，以前家政分數也不會很高厚？」我心中竊笑，哇！媽媽你居然敢調侃老師？真是不知好歹！

我一直不懂，MI-RU-KO，米魯可？這是什麼名字？大概是媽媽喜歡日本某片跟狗有關的溫馨電影，才給女兒取個這麼特別的小名吧？

較為熟識之後，我才知道，她們每星期都花兩個小時的車程來上課，姊妹倆輪流開車。媽媽還在上班，常常出差大陸，阿姨於是放下工作，全心照顧妹妹的孩子。

MiRuKo媽媽與我有許多相似處，不僅同年，也是第一個孩子就得面對如此挑戰。我們都有至死不渝、永遠支持的娘家大隊，學生時代都討厭家政課，如今一起哀號孩子的勞作簡直要人命。我們都忙，網路上遇到還是會聊個幾句，彼此問候，分享最新的特教資訊。

有次上課空檔我終於問她：「你們家妹妹到底叫什麼名字啊？是日文喔？」

她哈哈笑，「不是啦！是英文，Miracle。」

「是嗎？怎麼聽起來超像日文的？」

「因為她阿嬤發音不標準，把Miracle講成『密盧扣』啦！」

我想起「密盧扣」阿嬤，她曾陪孫女一起來上課。大家席地而坐，只有她一個人站著，顯得又高又突兀。老師客氣的問阿嬤要不要坐下。她連忙說站著就好，老人坐在地上會爬不起來。但，總不能站一堂課吧？老師、媽媽和孩子們都望著她，阿嬤很歹謝，連忙找個綠色小椅子靠牆坐好，雙手乖乖地擺在膝蓋上，好可愛的一位老人家。

原來，MI-RU-KO、「米魯可」和「密盧扣」都是Miracle！我也笑了：「你不說我還真的聽不出來啊！這名字未免變形得太厲害了吧！」

已有半年，錫安跟Miracle不在同一班上課。教室裡少了繽紛色彩、歡欣鼓舞，又回復正經上課的氣氛，我很想念她們。

從部落格上，我看見Miracle會抬頭、吃稀飯和看電視了。那些一舉一動，對正常的孩子來說天經地義，我們的孩子卻無法自然發展，需要不斷練習才有可能達到。我為Miracle高興，更為她的阿嬤、阿姨和父母的付出感到欣慰。在網路上遇見Miracle媽媽，我恭喜她：「你家妹妹進步好多啊！」

「我才羨慕你呢。我在部落格上看到錫安又跑又跳，好棒啊！妹妹不知道還要多久才會走。」

我明白她的感受，卻知道這些過程沒有人可以替她走。曾有醫生告訴我，錫安這種肌肉低張力的孩子，能夠行走的機會不大。即使如此，我仍舊帶他上課，綁鐵架穿鋼片矯正鞋，我忍耐、等待，三年多來，一輪又一輪的復健像是沒有盡頭。直到有天他扶著桌子站起來，放開扶手自己走，我激動到不敢尖叫，不能動彈，呆呆地看著兒子向我走來！

「嘿！不要放棄希望，你忘了女兒的名字嗎？她叫Miracle，奇蹟耶！」過了一會兒，她彈出一排字：「對！我不會放棄的。」

她要下線了，明天還得出國看工廠。我也沒時間，要準備晚餐。我們以一起加油作為結尾，誰也不敢喊累說放棄。

有人等待神蹟出現，但是神要做工，人也得配合，我們每天都在創造神蹟，孩子的每個進步都是驚奇。Miracle，這名字取得真好，每個孩子都是神的傑作；但只有相信奇蹟、堅定恆忍的媽媽，才有機會見證孩子的奇蹟。

五字訣

人可以有「最壞的打算」，但不能活在「最壞的打算」中。

「恐懼有益處」

錫安一直哭叫，豆大的淚珠從他眼眶裡不停滾出來，說不心疼是假的，但我一點也不擔心。男老師身強力壯，錫安在他手裡不致跌落；何況錫安經歷太多難度更高的動作，這個練習應該不算太痛苦。

錫安站在滾筒上，老師輕輕把滾筒左右轉動，練習的唯一要求——只要在滾筒上穩穩站好。不必吊繩子或綁鐵架，站著就好，可是錫安嚇得要命，氣得要死，雙腳不停發抖。他瞪著我哭，瞪得我有點羞愧。我垂下眼簾，不斷的安慰他「等一下就好了」。

我騙人，半小時的課其實才上了五分鐘。

三十分鐘連續不斷的哭聲和尖叫領我進入超然境界，覺得自己好像正在觀賞《百戰百勝》的娃娃實境秀。錫安不習慣又害怕，因為從來沒做過這個動作。我問：「老師，這是要練什麼？」

「還是一樣，練他的平衡感。」

錫安會走路，但平衡感與耐力都很差，走一會兒就跌倒，要不然就直接坐在地上，以「醉漢」形容他的姿態再適合也不過了。在我看來，平衡感訓練的難度比教他走路還高，錫安每課必哭，一方面是動作難，再來我推斷他已經有了一點認知能力，卻仍舊不明白我們到底要他做什麼。他很生氣，拒絕配合，氣到拿頭撞地板，好幾次搞到鼻血直流。

每每兒子在復健室裡看著我大哭，我都彷彿聽到他喊：「媽媽我已經會走了啊，為什麼你還要帶我來這裡，讓他們不斷的把我推來拉去？」

「你看，」老師繼續說：「他的腳板和膝蓋都在平衡身體，因為害怕。」

站在滾筒上，錫安晃得厲害，當他終於取得平衡，站得比較穩了，老師又微微的搖動滾筒。眼看就快跌下來，即使驚懼的哭喊，錫安仍趕緊伸出雙臂平衡身軀。沒有扶手，他只能靠自己站在滾筒上，老師頂多扶著腰間，或在他要放棄的時候，硬把他拉起來站直。

他當然害怕，我也會害怕，若是我不懂其實老師只要我站著就好，不懂媽媽帶我來這裡其實是為了我好。

老師向我解釋：「因為害怕，他會學著調整自己。你看，他會隨著滾筒的方向轉移重心。他平常隨便亂走亂跑亂爬都是因為不害怕，你讓他站在滾筒上，他怕了，就會小心，會開始學著控制身體。」

或許，所有的負面情緒，偶爾也能帶來正面的功效。如果我不被情緒吞噬消耗，如果我可以調整姿態和腳步，便能隨著痛苦和恐懼，轉移重心。

「最壞的打算」

最近常聽到「最壞的打算」這五個字。

他們有的是親朋好友，在各個領域學有專精的專業人士，他們都是一片好心。我沒有語帶諷刺，他們純粹是為了錫安與我的益處，才說出這五個字。

要有心理準備，**Prepare for the worst**。你的孩子有可能不會說話，認知能力可能會停滯，他這一生能夠自理已經很好，不要期望太多。多為他存點錢，你沒辦法照顧他時，才能負擔一個合適的地方好安置他。

你的先生總是在出差，你無法得知他到底在做什麼。為了自保，女人少說也要存點私房錢。還有，要不要搬去跟父母一起住？有人幫你一起帶孩子，才像個家啊！

他們說了就走，留下我繼續過日子。他們有自己的生活、自己的難處，不知道他們是不是也有許多「最壞的打算」得面對？

他們走了之後，老實說，我有點灰心。一次，正當我把奶粉尿布裝進外出袋，準備開車載錫安去上課，心裡突然湧起強烈的厭惡感，我不想去！不想抄筆記、不想看兒子哭、不想試著從這些拚死拚活的練習中領悟生命的真諦，真是煩透了！如果那些最壞的終究會來，我在這裡奮鬥有什麼用？

晚餐時，我向孩子的爸爸敘述自己的「心路歷程」。他劈頭就問：「所以你們今天有沒有去上課？」

我說再怎麼煩，為了兒子還是得去。「對，你不能放棄！他不去上課要怎麼進步？」

我不可思議地望著對面這個男人，他難得在家，好不容易可以跟他吐吐苦水，他真是不懂如何安慰人。聽他訓話，告訴我不可以任性，兒子的進展全看我的堅持。我心想，你陪兒子去過幾次醫院？又帶他去上過幾次復健課？工作賺錢是護身符嗎？放棄事業在家帶小孩，真是我做過「最壞的打算」！

我瞪了先生一眼，轉頭餵兒子吃飯。他卻開始鬧脾氣，小手一揮，湯匙高飛，飯撒得滿地都是。我狠狠打了他的手兩下，壓著他的頭，要他看地板上那團混亂，「以後不可以這樣！不、可、以！」

看到媽媽剎那間變成母老虎，兒子哭了。孩子的爸爸到廚房拿了一支乾淨的湯匙，自言自語的說：「來，爸爸餵你。媽媽很辛苦，要帶你去上課，你要聽媽媽的話，要不然爸爸又要被媽媽瞪了。」

我把湯匙撿起來，地擦乾淨。走進廚房，聽著父子倆嘻嘻哈哈的笑聲，我深呼吸。是的，兒子的發展緩慢，將來具備謀生能力的希望渺茫；是的，丈夫總是生活在我視線難以企及的地方，我無法證實他所言所為，信任是與他共度人生的唯一選項。

人可以有「最壞的打算」，但不能活在「最壞的打算」中。畢竟最壞要來，躲也躲不掉，人生本該有打算，但不該只是為了避免最壞、想著最壞，直到被最壞籠罩。

「美好是結局」

格友小美曾在我的部落格上留下一段話：「有時候，我會以在看一本真實小說的心情來看錫安和你的故事。而我也堅信，到這本書的最後，就會像許多勵志故事一樣，出現許多生命的奇蹟，走到完美的結局。」

提到完美的結局，我都會想起二〇〇八年北京奧運出現的兩個名字——劉岩和菲爾普斯。

那年，菲爾普斯以八面金牌的成績，成為史上在同一屆奧運會中拿下最多金牌的運動員。才二十三歲，他就在游泳賽中摘下十四面金牌，打破世界紀錄，所向無敵。

當時我恰巧有機會前往北京，菲爾普斯的名字遍及全城，報紙、雜誌、電視新聞爭相報導他的奮鬥歷程。他出身單親家庭，由母親拉拔長大。幼時被診斷出注意力不足過動症，社交能力低落而被同學排擠。無法定下心學習的結果，導致他常被師長當作問題學生處理。

菲爾普斯的母親帶著兒子四處請教醫生和特教老師，決定讓這個眾人都放棄的兒子嘗試各種體育項目，全力支持兒子的興趣，不再強求課業上的表現。

其中，菲爾普斯最喜歡的運動就是游泳。這一游，游出了生命的奇蹟。誰能夠想像當初課堂中搗蛋的過動兒，如今榮登奧運游泳史上成績最輝煌的運動員？

另一個銘刻在我心上的名字，叫做劉岩。劉岩出生於內蒙古呼和浩特，九歲時離鄉背井，考上北京舞蹈學院，獨自留在北京習舞。由於她起步得晚，和那些三歲就開始練舞的同學相比，簡直就像個業餘舞者。但她的意志堅強，老師們後來回憶，劉岩除了吃飯喝水和睡覺，每刻都在練舞，甚至克服了身形上的缺陷，做得出同儕做不出的高難度動作。她開始在每支舞碼中扮演主角，獲獎無數，成為舞蹈界最耀眼的新星。

二〇〇八年，劉岩被中國名導張藝謀欽點，在北京奧運開幕會中獨舞「絲路」，這是何等崇高的榮譽，全世界眼光的焦點！辛苦練舞、忍受瘀青十幾年，不就是為了這完美的一刻？

奧運開幕前十天的彩排，劉岩因一秒之差，從三米高的高台摔下，頸部著地、頸椎碎裂，骨盆粉碎性骨折，下半身完全癱瘓，永遠無法行走，更遑論跳舞了。奧運開幕的那晚，「絲路」成為他人的獨舞，劉岩躺在病床上，被診斷為終生殘障。

菲爾普斯的努力使他功成名就。我還記得頒獎那天，菲爾普斯把得到的金牌全掛在脖子上，指著觀眾席上的母親，含淚給了她一個飛吻。母親早已熱淚成行，她起立為兒子鼓掌。目睹這一刻，許多觀眾都跟著母子倆激動的流淚。

劉岩的奮鬥卻使她如流星殞落。當我聽到劉岩重傷，心想，命運真是跟她開了一個大玩笑！要跌，也該在表演之後跌，怎麼跌在彩排時呢？鋒頭盡被他人奪去，早知道做個平庸之輩就好了，至少現在還能走跳，不必靠輪椅度過餘生。

我常常想起他們，兩個八竿子打不著的人，他們都曾以極大的耐力與恆心往目標邁進，卻在二〇〇八年成為最極端的對比。他們如今在哪裡？做些什麼？菲爾普斯是否能維持完美的紀錄？劉岩能否發現生命中的另一段美好？

奇蹟與完美可以是一種念力，一種心想事成的精神喊話，即使所有條件都齊備，不保證就能功成身退。錫安與我這一生能不能創造生命的奇蹟？將來會不會達到完美的結局？我不敢說。但我們不會逃避，做所當做的，好壞都接招，逆流而上，不進則退，結局如何，得用一輩子才知道。

留下最後一支舞，給我

在我懷中，我們一起輕輕旋轉，我身上的背心都溼透了，但你毫不介意，緊緊抓著我，把頭埋在我的肩膀上。

我掃地，你搖搖晃晃走到我身邊，抓起風扇的電線就要咬。我拖地，你跟隨我的腳蹤，一路爬進浴室，一顆大頭就要探入水桶中。你擅長危險的遊戲，跌倒撞傷了，號啕大哭後馬上忘記上一秒的慘劇。我沒辦法又做家事又看著你，只好把你放進娃娃床。

你哇哇大叫，使勁抗議，生氣地跺腳又抓頭，像是個無罪卻被關進大牢的囚犯。我趕緊獻上玩具，心想大概可以撐個幾分鐘，加快拖地速度，幻想自己是大師揮毫現墨寶。

歌曲隨機播放，我把音量轉到最大，憂傷情歌後緊接著輕快的音調。對嘛！我心想，做家事就是需要這種音樂！腳步輕快了起來，我的汗，順著額頭耳根背脊不斷滾下來，仔細聆聽歌詞，原來是個男孩對女孩的殷殷叮囑。

You can dance, every dance with the guy／每個晚上，你可以跟那些愛慕你的男孩跳舞
Who gives you the eye, let him hold you tight／讓他們緊緊擁著你
You can smile, every smile for the man／你可以對他們微笑
Who held your hand neath the pale moon light／讓他們在皎潔的月光下，執起你的纖纖細手
But don't forget who's takin' you home／但別忘了，誰將帶你回家
And in whose arms you're gonna be／誰才是你真正倚靠的臂彎
So darling, save the last dance for me／所以，親愛的，記得留最後一支舞給我

你聽到咚咚的爵士鼓，高昂的小喇叭，馬上丟下手中玩具，扶著床沿站起來。你喜歡音樂，對聲音極其敏感。我九個月的胎教沒有白費，你連在人聲鼎沸的百貨公司聽到微弱的廣播，都要熱切的尋找聲源。節奏明快的旋律尤其挑動你的神經，你不斷拍手。

這是個手腦並用的極佳練習，聽到音樂產生反應，表示你的大腦正在接收訊息，不僅如此，大腦居然進而傳送訊息，教你舉手鼓掌，這是何等的進步！

我轉頭，滿心歡喜的觀察你。你奮力拍手，用力到雙頰都脹紅了。你一邊拍手，一邊認真的盯著我看！親愛的，你拍手是為了要我看見你嗎？

Baby don't you know I love you so／寶貝，你難道不知我的情意？
Can't you feel it when we touch／當我倆相擁，難道你不能體會我的深情？
I will never never let you go／我永遠捨不得讓你走
I love you oh so much／我是如此愛戀著你

我稱讚你：「大頭，你會拍手哪？你好厲害、好棒喔！」

你很得意，哈哈笑又嗚嗚叫，用你自己的語言發表得獎感言。看我邊拖地邊移向你，你高興的在娃娃床裡轉了三圈。仰起頭，你殷切地望著我，向我打開雙手，抱！你好似在說，媽媽抱我！

Oh I know that the music's fine／喔我知道，仙樂飄飄
Like sparklin' wine, go and have your fun／有如美酒閃爍的發泡，那麼去吧！
Laugh and sing, but while we're apart／盡情歡樂，盡情地笑與歌，但我們分開的時候
Don't give your heart to anyone／芳心莫屬任何人

我向你張開雙臂，我怎麼能讓你失望？拖把應聲倒地，我從娃娃床裡把你抱起，你雙腳飛踢，興奮尖叫。

在我懷中，我們一起輕輕旋轉，我身上的背心都溼透了，但你毫不介意，緊緊抓著我，把頭埋在我的肩膀上。

我左搖右晃，你不怕了，抬起頭來對著我笑，我們跳舞，鼻尖貼鼻尖。你是兒童界的壯漢，我越來越喘，只好把你放回地面。

你意猶未盡的望著我，也不管身旁四散的遊戲墊、掃把、水桶和拖把七橫八豎，無所謂，我們大手牽小手，隨著旋律跳恰恰。

You can dance, go and carry on／你可以盡情旋轉
Till the night is gone／直到良辰將盡
'Cause don't forget who's taking you home／千萬別忘了，誰將帶你回家
And in whose arms you're gonna be／誰才是你真正倚靠的臂彎
So darling, save the last dance for me／所以，親愛的，記得留最後一支舞給我
Save the last dance for me／為我，留最後一支舞

兒子啊！媽媽這輩子大概就這樣了，為事業衝刺的黃金歲月在家拖地跳恰恰。或許有些遺憾，但從不覺得後悔，一切都在每支與你的共舞中得到補償。

只是，若我將來人老珠黃，坐在角落當壁花，俊挺的你周旋在眾女子的愛慕眼光中，可別忘了老媽。要記得，留最後一支舞給我。

備註

歌詞來源：Save the last Dance for Me

詞曲創作：Doc Pomus and Mort Shuman

歌詞中譯：Zion´s Mom

神啊！讓我睡吧！

現在錫安會發音，在一片漆黑中，矮矮的小人頂著圓圓大頭，站在床上「媽媽媽媽……」的不停呼喊。

我勉強起身，身旁的老公馬上制止：「你不要過去！讓他去！」

錫安六月就要滿兩歲了，不要誤會，我沒有暗示大家要送禮物的意思。我只是想到，自己已經兩年沒有好好睡一覺了。

喔，是睡得心不安，不能沈睡是嗎？

對啦！那樣的狀況也有。如果好心的家人或難得不出差的老公在家，我便可以多睡一會兒，但因為餵藥和其他只有我清楚如何應付錫安的狀況，所以我還是得起床，睜著張不開的瞇瞇眼，處理完再去睡回籠覺。

回籠覺的品質，我不用多說大家都知道……

我所謂「沒有好好睡一覺」的狀態，是大概始於清晨兩點至三點，從粗嘎的尖叫聲劃破深夜寂靜，一直到早上七、八點，兒子終於不得不妥協的闔上雙眼為止。

醫生都開玩笑說，錫安適合搬到美加地區，因為他完全過著時差的生活。至於為什麼他半夜不睡覺，眾說紛紜：有的醫生說是體內褪黑激素不夠導致無法沈睡，有的則推斷可能是因肉眼觀察不到的發作使他驚醒。

可是我們幾乎每天都出門去醫院上復健課，一路上的太陽應該還算夠，總不能曬到脫皮吧！如果真是發作，通常發作後的他會很疲倦，不太可能驚聲尖叫。因此，錫安晚上不睡覺的答案跟治療方法，沒有醫生說得出來。

我不是一個不能熬夜的人，事實上，我很喜歡熬夜。在夜裡，啜點紅酒，寫寫東西，幻想自己是海明威。可是如今非自願式的熬夜，連靈感都累到跟我說Bye Bye；就算有的小靈感基於同情願意出來陪陪我，久了之後，我也變得癡呆而無法回應，不得不與它們Forever Kiss Goodbye。

面對這個本該誕生在北美洲的小男孩，醫生和所有人都建議我不要理他，他自己玩累了就會睡著。問題是，在小小木床裡，他不是玩到手腳被卡住拔不出來，就是啃木床磨牙到牙齦流血。這還不是更可怕的，他的絕招是在夜間進行「新陳代謝」。不知道是母子連心，還是臭臭通靈，我睡到一半會突然醒過來，渾沌中往兒子屁股一摸，真的有軟軟一坨！

這種特異功能是否可以參加金氏紀錄？如果可以，我應能榮登金榜。總之，無論是唉唉呻吟或哇哇大哭，我眼睛都還張不開就得衝去滅火，安撫結束、清理完畢，早已睡意全消。

現在錫安會發音，在一片漆黑中，矮矮的小人頂著圓圓大頭，站在床上「媽媽媽媽……」的不停呼喊。我勉強起身，身旁的老公馬上制止：「你不要過去！讓他去！」「可是，他一直叫媽媽耶……」我不聽勸阻，直奔火窟，完全就是不忍心到會摘月亮給孩子還說不好意思沒摘到星星的娘。

可是這個渾小子，只有餓了討奶和半夜睡不著才會喊娘。平時我教他說「媽媽」，他總是一臉茫然的看著我，似乎在想：「你叫我『媽媽』？所以我的名字是『媽媽』啊？」

不睡覺又尖叫，自己玩太危險，我只能陪著他。他在遊戲床裡High得咧，跳跳跳；我坐在沙發上呆得很，ＺＺＺ。他玩累了就想喝奶，偶爾喝完會有睡意，那我就幸運到可以去買樂透。通常是喝完更有精神，繼續啃玩具。我癱在沙發上眼冒金星，心中不禁吶喊God! Let me die!

以前看電影裡拷問犯人，常有上刑具鞭打火燒等等，還有一種方式，就是不給睡。不讓犯人睡覺？這樣有用嗎？我很懷疑。不痛不癢只是累，算是受刑嗎？

現在我知道那種生不如死的感覺。若是可以倒下，我寧願永遠不必再張開雙眼。別擔心，這絕對不是什麼絕望還是想自殘的念頭，只有想睡又不能睡的人才明白我的痛苦。

長期睡眠不足，黑眼圈有如渾然天成的煙燻妝，朋友還驚喜的問我哪家廠牌出的眼影，這麼自然！整個人像是生活在夢境，腳踏雲霧飄渺前行。聽起來很浪漫，不過這場夢通常伴隨強烈的偏頭痛。

不只如此，芳齡三十出頭，總像老奶奶似的記不起來自己下一步要去哪裡、做什麼？偶爾會做出不可思議的舉動，例如，還沒開離地下室車道就按下遙控，鐵門差點直落車頂把自己嚇醒；煮菜忘了加幾匙鹽，鹹得要命再把自己驚醒。

先生總是出差，夜晚與白晝交互更替，卻沒有人跟我輪流照顧兒子，我已經連續好幾天只睡兩個小時。妹妹聽到了於心不忍，決定伸手人道救援，下班後搭捷運又轉公車，花了一個多小時才到我家。

一看到她進家門，我抱著她嗚嗚哀號：「妹妹，我好想睡覺啊！」

她拍拍我的肩膀，安慰地說：「我回來了，我回來了……」完全展現紅十字會博愛助人的可貴精神。

搞得像是生離死別，小題大做。不過就是只睡了兩小時，不過就是兩年沒好好睡過覺嘛！

這樣的日子不知道還要多久，長夜漫漫，尖叫連連，唉，我還是早點去睡不要再寫了。短短幾個小時之後，黑夜比白天更美的大頭男孩就要醒過來了。

神啊！讓我睡吧！

爆肝階段

我興奮的問復健師，兒子什麼時候才會走路，快了吧。她卻反問我：「媽媽，你確定要教他走路嗎？」

晚上跟妹妹通電話，提到這個星期打算著手的文章，她驚呼：「拜託！這篇你到現在還沒寫？你半年前就跟我提過了耶！」

「真的嗎？」我的驚嚇程度比她更厲害，「怎麼可能？我這禮拜才想到的啊！」

近來，我的記憶和體力大不如前，「追兒子」成為我最主要的工作，思考應該帶他去哪裡消耗精力，更是有助身心的腦力激盪。太陽賞臉，公園、小巷、大樓中庭都是錫安盡情徜徉、老媽氣喘如牛的場所。陰雨綿綿，多謝各大附設地下停車場的超市，讓錫安得以繼續奔跑，偶爾拉下架上的鍋鏟增添打擊樂的風情，訓練身後隨行的老媽不忘你丟我撿的美德。

在家裡，自從學會從娃娃床裡爬出來，錫安就再也不可能被困在任何一處，成為名副其實的「任我行」，偏偏他又不知危險，「任我行」等於「隨處摔」。不是頭上腫個包，就是身上的瘀青多到他人以為家暴。他走路只看目標不看路，所以不是踢到桌腳，就是踩到玩具滑倒，每小時哀叫一次已經算是很少。

平面滑倒還算事小。有一天我在廚房準備晚餐，突然意識到，咦？怎麼沒有任何聲音？沒有玩具鋼琴的一閃一閃亮晶晶，也沒有錫安的尖叫或哈哈笑，一轉頭，我的天啊！我張口卻叫不出聲音，丟下鍋鏟、沒關爐火，衝出廚房！

兒子爬上小板凳、小桌子，在桌上爬行、站立，然後奮力攀岩，居然爬到直立式的鋼琴上！他顫顫巍巍地在鋼琴上螃蟹般行走，目標是鋼琴上方那架玩具鐵琴。拿到鐵琴之後，他往下看，不知道該怎麼從鋼琴上下來。對危險沒有認知，又無法辨別高度的可畏，他決定直接往下踩！

就在錫安踩空那一刻，飛奔的我剛好接住他！腎上腺素讓我暫時忘記疼痛的雙臂，不敢想像如果我沒趕上，他斷的是脖子還是腳。我全身抖個不停，若是錯過那一秒，現在大概已經送兒子往急診的路上吧！

不久之前，錫安學會自己站立。即使還站得不穩，我都興奮的問復健師，兒子什麼時候才會走路，快了吧。

她卻反問我：「媽媽，你確定要教他走路嗎？」

我瞪大眼睛，這是什麼問題？一切的努力不就是為了有一天他能夠自己走路、不必攙扶嗎？

老師帶錫安好幾年了，她解釋：「錫安的認知能力還沒有很好，如果他有行動能力，對他來說很危險，對你更辛苦。」

她說，會這樣問，是因為與我們熟識，她非常了解錫安的情形，也知道多半時間只有我一個人照顧小孩。

她提到之前有個男孩，大腦與心靈完全沒跟上身體的進展，偏偏他又特別活潑，不喜歡被人牽著走，到處跑跳，迷路也不知道家在哪裡。事實上，他連「迷路」是什麼意思都不知道吧！只會走路，不懂得生活自理，更不會說話。

媽媽回到醫院，筋疲力盡，憂傷的問老師有沒有可能讓兒子別再趴趴走？因為她比之前更累、更擔心。

「錫安如果會走，就不可能不走了。你要不要等他認知能力發展出來，再訓練他走路？」老師誠懇的建議。

教一個不懂得回家、不會說話的孩子走路，是的，很危險也很辛苦。老師說得沒錯，一天二十四小時只有錫安與我，我將更疲倦，更沒有時間留給自己。

我看著兒子，實習老師正在帶他練習，在沒有支架的情況下，從蹲姿自行站立。這一練就是二十分鐘，他汗流浹背，即使哭了也不能休息。這麼多無聊又痛苦的重複動作，不就是為了自由行走的那一天嗎？

我不想壓抑兒子可以發展出來的能力。他能夠走到眼前的方向、拿到心愛的玩具，臉上的神情多麼得意，我不願剝奪他從行走中得到的樂趣。畢竟，他擁有的樂趣已經不多了。

「沒關係，老師，」我說，帶著壯士斷腕的決心：「讓他走吧！」

因此，我們來到了這個爆肝的階段——這個連我上廁所都要牽著兒子的手，隨時察看兒子是否在身邊的階段。我心神不寧，聽到任何巨大聲響，都會以為是兒子跌倒；我的疲憊早已超過文字可以形容的範圍，每天至少得嗑兩杯黑咖啡，才能夠撐住沈重的眼皮。

昨晚，我被自己上床睡覺的時間嚇到，九點零六分！上一次九點多向床報到，大概是國小的時候吧！

但仔細想想，我其實還滿享受這樣的過程，因為自己終於能夠跟其他媽媽一樣，帶錫安去公園玩，互相抱怨小孩爬上爬下好麻煩、跑來跑去追不上等等之類的事啊！

我的肝是爆了，但我的心好安慰，只要看到兒子眉開眼笑的向我走來，一切都很值得。

小小

錫安，讓媽媽告訴你一個小小的祕密，物體其實無法恆存。但這一生，媽媽將盡我所能，鞠躬盡瘁，為你存在。

有人說過：「生命的意義，在於創造宇宙繼起之生命。」可惜說這話的人沒當過媽媽，要不然他就能親身體驗生命中這些充滿意義的時刻。凌晨四點，「繼起之生命」橫趴在我的大腿上，他的身體與我的軀幹形成完美的十字。三歲了，還不會擤鼻涕，也不會咳痰，鼻塞與鼻涕倒流惹得他整夜輾轉。仰睡吸不到空氣，張嘴呼吸喉頭太乾，鼻水滴入喉頭化成一股痰，每十分鐘就一陣狂咳。他哭，眼睛還睜不開，睡意濃濃不得安眠，他氣到踢腳狂哭彷彿在吼：「我究竟什麼時候才能好好睡一覺？」

三度把他抱起來拍痰，他趴在我腿上睡到口水滴溼床單。三度在他熟睡之後抱回小床上，頑固的鼻涕隨即各就各位堵住氣孔，非常準時，每四分鐘就挑起一回狂咳與大哭。回到母子合體十字形，他就馬上睡著，沈穩安好。

厚重的窗簾透出朦朧的夜光，遠處傳來幾聲狗吠。我好想睡，想睡到想哭。

我放棄實驗的衝動，不想再練舉重。兒子睡了就好，我不敢動他更不敢動自己。讓兒子繼續趴在雙腿上，我把枕頭堆起，推向床頭櫃，打算坐著睡。讓我閉上眼睛吧！一下子也好。

一下不夠好，不到五分鐘我就醒了，因為下半身發麻刺痛。望著這塊壓在我身上、二十二公斤的繼起之生命，短短胖胖，令我無法入眠、難以承受。

這麼小，卻是如此重。

重逢

遇到以前的同事。我知道她還在那家公司，也風聞她升遷加薪。一個女人在商場應酬打拚，趕飛機、跑工廠，跟丈夫聚少離多，撥不出時間懷孕，交不到真心的朋友。這一切一切，只希望賺的錢可以讓她在五十歲之前退休。

她也遇到以前的同事。不知道對方這幾年跑哪兒去了，那個有企圖有夢想、敢跑敢衝的女人，完全銷聲匿跡。當她終於願意重拾聯繫，她們去了那家兩人都愛的小店，聽她平靜述說自己已過幾年的生活：「在家當了將近四年的全職媽媽……什麼時候可以出來工作？我也不知道。」

老同事相聚，各人往不同的方向走。我笑她又買了新的Gucci包，老實招供，這是今年買的第幾個啦？她看我總是帶著那個Longchamp黑袋子，說真的，你什麼時候才會拿個像樣的出場？

當年我們還年輕，同家公司的兩個小助理，一個在上海，一個在新加坡。我們互吐苦水，抱怨外籍主管的不公，同事之間的鬥爭，更交換著彼此小小的夢想。她計畫跟長跑多年的男友結婚，一起創業；我希望可以努力到擁有自己的辦公室，也打算讓家中的嬰兒床有娃娃躺。

拿起手中的紅酒，我們乾杯。我說歲月不饒人，你要好好照顧身體，少飛一點，趕緊生個寶寶；她說你也要照顧自己，才能打理兒子，他一定會好起來的。

杯觥交錯中，我們好似回到從前，小小的心，裝著滿滿的夢想。

冬至

「錫安！」我喚他。他含著滿口飯，不咀嚼不吞嚥，不看我也不回應。

「錫安！」我大叫他的名字，握住他的手。他的手發冷，微微冒汗，嘴裡的飯跟著口水，慢慢從嘴角流出來。

我叫得這麼大聲，他卻動也不動，魂遊象外。手上沒戴錶，我慌張的抬頭，找到牆上的鐘，開始計時。然後不出我所料，兒子的下巴開始抽搐了，小小的，但是我看得到。

我們又來到一個循環的終止。換新藥，新藥見效，癲癇不再發作；癲癇又開始微微發作，或許是因為你兒子的體重增加，那我們把劑量加高。劑量越調越高，癲癇卻越來越嚴重。醫生，怎麼會這樣？

喔！媽媽，可能是因為你兒子的體內產生抗藥機制，不要擔心，我們還有其他的抗癲癇藥。他現在吃三種藥，兩款維持不變，讓我換掉這款或許已經沒有作用的，再來試試另一種新藥吧！

於是新藥成了舊藥，希望轉為失望。口服液、膠囊、粉劑、顆粒、錠劑……實驗不斷的進行，四季不停的更替。

他們說冬天來了，代表春天就近了。那麼我能不能住在沒有冬天的熱帶國家？犧牲美麗的春花與秋葉，只剩永恆的夏天。

都在

把方巾蓋在奶瓶上，把手帕蓋在玩具上，「從小就教他『物體恆存』的概念。」老師說。

我的確從小就教，但對方不找。不在乎我奪去他喝到一半的奶瓶，或寶貝玩具憑空消失，我喊，在這裡啊！把毛巾拿走，東西在下面喔！他一副無欲則剛的模樣，是你把它藏起來，你自己把它找出來！

直到那天，我抖開棉被打算要摺，錫安站在房間一角，很緊張的跑過來。小小的眼睛睜得又大又圓，急到嘴巴都嘟起來了。他衝到我身邊，激動地把被子拉開，一見到我，哈哈哈大笑出來！

啊？我突然意會，你在玩躲貓貓嗎？我把被子蓋在頭上，輕輕說：「錫安！媽媽在哪裡啊？」他原本轉身要走，聽到聲音見不到人，他又慌了，撲過來用力拉開被子，順便扯掉我幾根頭髮。他一看到披頭散髮的媽媽，抱著頭痛得哀哀叫，他興奮的嘰哩呱啦不知道在說些什麼，雙頰漲紅。

三歲多才開始玩躲貓貓，是不是有點晚？我躲著，等兒子來把窗簾扯開，把枕頭推開，把毛巾拉開。他找到我，我抱住他，兩個人開心尖叫。我揚聲稱讚他，哇！錫安好棒喔！你找到媽媽了啊！我等你好久咧！

躺在我懷裡，他咯咯笑個不停，眉宇間盡是得意。

錫安，讓媽媽告訴你一個小小的祕密，物體其實無法恆存。但這一生，媽媽將盡我所能，鞠躬盡瘁，為你存在。

天邊一朵雲

有陣子，我覺得自己身心俱疲，好想放個長假，但錫安讓我像陀螺般轉不停。

W老師只給我兩句話——吃美食、做運動！

晚上十點整，手機不尋常地響起。傍晚以後，找我的人多半打室內電話，畢竟一個媽媽帶著小孩，晚餐時間能到哪去？飯後準備洗澡、吃藥和就寢，夜遊只能在夢中。宅媽又沒客戶商洽或同事哈啦，身邊剩下的，都是知道我家用電話甚至身高體重的親朋好友。正納悶著誰會在這時候打手機，一看顯示名稱閃啊閃的，我就笑了。

「嘿！老師好！」我精神抖擻的說。

不諱言，我一開始沒打算找W老師上課，大家介紹的是L老師。但當我打電話到機構詢問L老師的課程，才發現她剛好離職，將由W老師接手錫安的案例。我有點失望，但更多的是掛心，我可不要費財費力但孩子卻沒學到應學的。

聽我滔滔不絕地說著對課程與師資的期許，電話那頭的W老師溫和地建議：「媽媽，你可以先帶孩子來一下，讓我看看孩子，你也看看我，看我是不是能夠讓你滿意？」

老師連「看我是不是能夠讓你滿意」這麼客氣的話都說出來了，我意識到自己過於心急，趕緊閉上嘴巴。四處打聽的結果，發現W老師也很有名氣，心想完蛋了，不知道我在電話裡的態度會不會影響孩子上課的機會。

見面那天，我盡量在W老師面前展現溫和優雅的一面，有問必答。

這幾年來，奔波於各大醫院和機構的結果，讓我可以從錫安出生第三天發現異常開始，一路講到今日的狀況，把所有用過的藥一一列出，學過的早療課程娓娓道來；幾歲站立幾歲走路，幾歲斷奶幾歲吃飯……W老師偶爾低頭寫筆記，多半的時間都仔細凝視我。在我一口氣講完之後，她問：「誰幫你照顧小孩？是不是只有你一個人？」

我愣住，啊？有這麼明顯嗎？

她緩緩的告訴我對孩子的看法和學習計畫，然後說：「錫安媽媽，你要放輕鬆，我們的孩子雖然看起來什麼都不懂，但是很敏銳。你緊張，孩子感覺得到喔！」

帶錫安到各處上課也有幾年的時間了，很少有人叫我放鬆。

聽到我帶孩子做五十遍功課，老師馬上說不夠，媽媽你應該帶他做一百下！隨即轉述王某某的媽媽每天帶孩子練習五百多次；林某某的媽媽跟孩子在地上打滾四小時，只為了要他說一個字；張某某的媽媽握著孩子的手教細部動作，直到她自己得了關節炎，所以王某、林某、張某從不會走到走，不會說到說，不會寫到寫。

我明白老師的用心，深怕媽媽一偷懶，孩子就失去學習的黃金期。但橡皮筋拉久了本會失去彈性，這是物理，是亙古不變的真理。我覺得我永遠都做不夠，當我坐下吃喝，看著兒子起來玩耍，就會想到某媽媽正帶著孩子奮鬥，而她的孩子即將成為奇蹟。於是兒子被我抓回來做練習，淚眼汪汪；半小時後我捧起冷掉的菜飯，食不知味。

我不知道什麼叫放鬆。放鬆自己似乎等於放棄孩子，愛自己和愛孩子的界線非常模糊。

然而W老師身上有種潛移默化的輕鬆。她還是給我功課，但她把教具借我帶回家，有幾次甚至把手邊多的或舊的教具直接送給我。她明白特殊兒的媽媽能有多疲累，就算是一點勞作也佔據時間。省下買材料、動手做的工夫，我能夠現學現教，每天帶孩子練習自然多過五十遍。

她不勉強錫安學習，而是把學習融入錫安喜歡的事物中。做不來的先不強求，盡量以誘發而非逼迫的方式進行。

一堂課結束了，我看兒子開開心心，臉上沒有淚痕，不好意思卻一定得問：「老師，錫安今天有學到該學的嗎？還是一直在玩？」

W老師說當然有啊！他還是有掙扎和不配合的時候，這時就帶他喜歡的遊戲，讓他滿足一下，轉移注意力，情緒過了再回來上課。

有回錫安哭了一節課，整整一個小時，連他最喜歡的玩具都不拿，多次衝向大門執意要離開教室。老師又哄又抱又上課，就是不順他的意。

我問老師，為什麼今天不等孩子平復情緒呢？老師邊喘氣邊回答：「今天他是鬧脾氣啊！不可以鼓勵他鬧脾氣，所以該做的都要做完！」

我不知道每對學生和家長是否認同，但對兒子和我是受用的。W老師的放鬆是為了學習，不放鬆是為了管教，收放之間都帶著判斷與智慧。

上課前或下課後，W老師常問我最近好不好，先生這星期在不在家。對於我，她有種「下港人」的親切。聊私事不是種冒犯，關心你的心情如同問你吃飯了沒？後來才發現我倆是同鄉，都出自中部小鎮，我說原來如此，老師你講話就是跟其他老師不一樣！在北部成家立業已經快三十年了，她笑自己總是擺脫不掉下港人的口氣。

有陣子，我覺得自己身心俱疲，好想放個長假，但錫安讓我像陀螺般轉不停。感嘆自己這四年老了好多，體力越來越不行，更沒有心力經營孩子以外的生活。

W老師只給我兩句話——吃美食、做運動！佳餚飽足肚腹，更滿足心情；運動使人分泌腦內啡，使人放鬆，更有助睡眠。她告訴我自己經歷婚變、為夫背債的那幾年，每天清晨六點就去游泳，吃飯、上班，盡量使生活規律，雖然賺的錢連利息都不夠還，她仍然要讓自己好吃好睡，相信沒什麼過不去，而一切也就隨著時間過去了。

那段日子養成她運動的習慣，不動就不舒服。兒子送她一輛白色的腳踏車，她為車取名「小白」，還開始練體力，計畫何時能夠騎小白遊台灣。我看著她有如年輕少女的苗條身材，笑著說：「原來老師有練過，難怪你還抱得動錫安！」

「抱錫安也像在練舉重啊！」她揉著兒子胖胖的肚子，調侃的答。

錫安不上W老師的課已有半年了，她從來不覺得學生應該一直上她的課，或進入到她所屬的日托機構，她提供其他學校的資訊，建議我到處比較，尋找最合適錫安的環境。

當我找到了，有點抱歉的跟她談，她一點也不介意，還提到新學校的某老師很有愛心，要我一定要為錫安爭取到她的課程。是她讓我們帶著祝福離開，所以才能維持友好情誼。

電話那頭傳來W老師親切的問候：「嘿！錫安媽媽，你們在哪？這禮拜有沒有回中部？」

原來，今天是她第一次獨自騎單車從北部一路回中部老家。她依照地圖，自己規劃行程，早上八點出發，走走停停，途中如遇優美風景，她就請路人幫她和小白拍照。累了就躺在路邊的公車亭小憩，餓了就到便利商店吃點輕食，終於在下午四點抵達。

「老師！你辦到了！恭喜恭喜！」

「哈哈！如果你這週末剛好也回來，我想看看錫安啊！」

我笑W老師，在公園或海邊踩踩腳踏車就好了，何需如此壯舉？一個女人家這麼騎車很危險啊！她說她會保護自己、照顧自己，而且孩子們都大了，單身的她要在生活中尋找樂趣，享受自由。我想起最初見面時，曾經問過W老師為何要進特教這一行。

她感慨的回想：「我以前是幼稚園老師，每一年，總會有一兩個特殊的孩子坐在角落，他們不會跟班上的小朋友一起玩，來幼稚園是因家長不知如何照顧，只好讓他們坐在學校打發時間。那個年代，特殊教育還不是很多人做，但我總是想著到底該怎麼幫他們。他們不能就這樣放空下去，總得教他們一點東西。所以我決定邊工作邊讀書，進修讀特教系，慢慢讀，那幾年讀得很辛苦啊！但後來還是拿到文憑了。」

就這樣。決定了就去做，做了便量力而為。放輕鬆不代表偷懶，不勉強不代表放棄。吃得飽睡得好，人生路崎嶇難行，卻不必痛哭流涕。

W老師約我，下次帶錫安一起去找她，她要帶我們到一個坐山望水的小餐廳，是她騎小白時發現的好地方。你會喜歡的，錫安媽媽，那裡有草坪，我們聊天，還可以看著錫安跑跑跳跳。

掛上電話，我想像著青草地和豔陽天，天邊飄來一朵雲，柔柔地，提供遮蔽與蔭涼；白白的，滿是無私和安慰。

——獻給吳碧雲老師

麥子

老師環視在座的每一位，繼續說：「如果你們要孩子好，就要準備全部付出。雖然犧牲很多還不一定有收穫，可是你不做，孩子連一點點進步都不用想了。」

犧牲

「老師，一定要做到五十次嗎？」

順著聲音望過去，一張陌生焦慮的臉孔，大概是最近才帶孩子來上復健課的媽媽。

那個動作，是要孩子手拿玩具車，左右來回摩擦桌面，左右手各五十次。不久以前朋友才向我抱怨，兒子天天把玩具車在地板拉來拉去，在桌上磨來磨去，聽著那道嗤嗤嘎嘎的聲音，她都快要瘋了！殊不知，這是一歲左右的孩子該有的遊戲與探索能力，訓練並準備手指的精細動作。

我聽了好生羨慕，勸她不要煩，這只是一個學習的過程，代表你兒子將來一定能夠拿筆寫字啊！

諸如此類別人的小孩能夠自己發展出來的能力，我們卻得硬逼孩子練習。每天五十次，左右手或左右腳，加起來就要一百多次。要是小孩哭鬧，扭來扭去不耐煩或放空不專心，五十次就會像是五萬次，怎麼做都做不完。此類就孩子而言是成長關鍵的動作，對大人來說根本無聊至極，欲哭無淚。

朋友問我在忙什麼，我不知道該怎麼形容這個「重要的復健行為」：「嗯……我現在正壓住兒子的手，硬要他拿著玩具車在桌子上磨蹭……」

我心中滿感激新來媽媽的提問，而我覺得其他媽媽們也一樣。聽到這問題，大家都屏氣凝神，偷偷感謝她問出自己心頭的疑慮，也想聽聽平日威嚴的老師會如何回答。

為什麼我們不敢問？其實老師心腸不壞，只是說話向來直腸子一路到底。我聽過最糟的話是：「你的孩子都這麼爛了，你還一直抱著他，讓他坐好！坐！」我看著那對父母，媽媽一臉要哭的樣子，爸爸放下插著鼻胃管的兒子，努力把他撐起來。然而不管再怎麼努力，兒子看起來只是換個姿勢癱在爸爸的懷中，類似坐著罷了。

另一個媽媽跟我聊起這件事，老師絕對有權糾正父母，我們不會介意反而感激，因為我們極需指導。但為什麼要用那樣的字眼呢？我們都不敢想像，如果換成是自己的孩子被這麼說，又會如何反應？是抱著孩子衝出去，還是打電話投訴？事實是，好不容易才找到名師，再難堪的對待都會硬著頭皮上下去；多重障礙或弱勢孩童的求救專線本來就不多，投訴專線？根本不存在。

媽媽們屏氣凝神，聆聽老師要說什麼。我為新來的媽媽擔心，希望她承受得住將要聽到的話。

老師嘆了口氣，居然很平靜：「我做這行那麼多年，看過很多孩子和媽媽，我告訴你們，孩子的進步都在於媽媽的犧牲。曾經有個媽媽從南部搬到協會附近，只有她跟孩子，先生在南部工作，她跟孩子租間小公寓，就這樣每天到協會上課了三年，她告訴我：『我要用我的三年換孩子的三十年。』」

老師環視在座的每一位，繼續說：「如果你們要孩子好，就要準備全部付出。雖然犧牲很多還不一定有收穫，可是你不做，孩子連一點點進步都不用想了。」

新來的媽媽低頭沒搭腔。老師從未說出如此接近「感性」的勸勉，我們在沈默中帶著驚訝。開車回家的路上我一直在想，不知道那個孩子有沒有進步，媽媽的犧牲有沒有回報？自從成為錫安的媽媽，我對「一分耕耘、一分收穫」的信念已不存在，但我仍期盼犧牲會帶來報償。即使千萬耕耘的收穫只有零點零一，都能令媽媽欣喜若狂。

手工藝的莫非定律

從小我就害怕上家政和工藝課，繪畫課更是要我的命。給我一張紙和一支筆，三十分鐘內我可以給你一千字的文章，但請別叫我畫素描。我筆下的香蕉和月亮傻傻分不清；橘子、蘋果除了顏色不同，我再怎麼用心畫，它們都長得一樣。我很喜歡藝術，也希望自己的作品能夠真實且美好；可是無論我怎麼努力，手中畫的跟心裡想的總是相距甚遠。

印象很深，自己唯一得過高分的美術作品是在高中。那節課老師教的是創意，同學們可以天馬行空各自發揮。我用層層報紙包住紙盒，老師必須把報紙一張張剝開，才能打開盒子。盒內有一張紙，說明我的創意理念及作品名稱。

大概是包了太多層報紙，我還記得老師邊撕邊說：「你選擇了一條很冒險的表達方式，你最好祈禱我會喜歡。」我嚇得手心冒汗，心想早知道隨便畫個東西就好了。

等到他終於打開紙盒，裡面的那張小紙片簡單寫著：「老師，我的作品名稱叫做『指紋』，就是你現在手上的黑輪。」

老師一聲不吭，我的心跳都快停止了。他走出教室洗手，回到教室，甩甩手上的水，瞪著我，酷酷的說：「好！我喜歡！」

那大概是我此生最接近「藝術家」的一刻。當然，我之後的畫作老師再也沒稱讚過，一如以往，教室後面的布告欄上從來沒貼過我的畫，海報比賽也沒人找我參加。

隨著錫安年紀增長，復健課需要的教具越來越多，認知能力的訓練尤其需要教具輔助。政府對弱勢兒童的照顧有限，教具沒有補助，一套動輒上萬，若買得到，咬牙付錢也就算了，許多教學器材還是市面上買不到的。

媽媽們只好看著老師從國外帶回來的教具，到文具店買類似的材質DIY。即使許多時候畫虎不成反類犬，但只要做得差不多，就很好用了。

於是復健課突然變成美勞課，老師在課堂上示範教具的使用，指導媽媽們該如何製作。下星期我們就得帶成品來給老師評鑑，並報告孩子練習時的反應。

曾經，我買了一般市面上販售的布書，把其上的設計全部拆掉，一針一線縫上塑膠球、金屬片和絨布玩偶，只為了讓孩子觸摸書上的不同材質，被不同的觸覺所刺激。

我自己串珠，做萬花筒，切開塑膠球、寶特瓶和鋁罐，塞進玻璃珠、炒過的綠豆和路邊撿來的石頭，設計不同的聽覺遊戲。這些對幼教老師來說或許一點都不難的手工，我常常做到心灰意冷，縫到手指起水泡。

可想而知，老師對我作品的評語通常是「媽媽你這樣做不行」、「這個要回去重做」，聽了超沮喪，可是老師並沒說錯，我自己也同意手上的勞作又醜又歪七扭八。學生時代的手工藝惡夢再現，再怎麼用心我都會做錯；莫非定律不斷重演，再怎麼刻意避免，人生走了一大圈，我又回到美勞白癡的身分。

妹妹週末來我家，看到散成一桌一地的材料和針線。「你還好吧？你好像在做家庭女工。」

「我快瘋了，你可不可以幫幫忙？」我語帶哽咽，成功博取同情，手藝好的她幫我一起把教具做出來。那次，老師終於說了「做得還不錯」。我興奮的打電話謝謝妹妹：「嘿！這是我人生第二次因為美術被稱讚啊！你幫我克服了Murphy's Law！」

巴西作家Paulo Coelho寫過一則小故事，叫做〈The piece of bread that fell wrong side up〉（掉錯面的那片麵包），大意是說，一個男人在吃早餐的時候，不小心把剛塗好奶油的那片麵包掉在地上。他一看，沾到地板的居然是沒塗奶油的那面，塗奶油的那一面則穩穩朝天，絲毫沒被弄髒。

他很驚奇，大家看了也都極為驚訝，因為通常著地的都是塗奶油的那面啊！大夥爭相走告，討論為何這個男人這麼幸運，他的麵包如此特別，甚至有人說這是上天的指示，男人原來是個聖人！大家七嘴八舌，沒有答案，他們決定一起去見村裡最有智慧的長者，把這事告訴他。

長者聽了，請大家給他一個晚上好好祈禱、思考，尋求靈感。隔天，所有人都擠到長者家裡，急切地想知道他的結論。

長者清清喉嚨，說：「事實很簡單。沾到地板的那一面其實還是對的，只是奶油被塗錯面了！」

相信莫非定律的人，永遠相信錯的、倒楣的那一面，即使好事臨頭，依然看不見祝福與恩典。每週做勞作已經快一年了，我不想說謊，我還是討厭手工藝，而且這輩子應該都不會愛上它。但我試著接受它帶來的挑戰，訓練自己思考，找出更多變通的方法。金屬片不必硬縫上布書，我用魔鬼沾；護貝片可以做萬花筒的鏡面；厚紙板用絲質的布料包裹，就是色彩鮮豔又不會斷的汽車滑行軌道。現在的我看空罐空盒的眼光大不同，總會想著老師教過這些只屬於資源回收的廢物該如何再利用。

莫非定律的確存在，就活在相信的人裡面。遇到越是憎惡害怕越是會發生的事物，我還是不免想起莫非定律，但我寧願選擇另一種說法，「在信的人，凡事都能。」

盡量相信每種環境都是有益，只要我願意低頭學習。

麥子

我常想起麥子的比喻。

「一粒麥子不落在地裡死了，仍舊是一粒；若是死了，就結出許多子粒來。」對麥子來說，死亡不是最終目的，埋葬地土，顆粒破碎，破土而出，開花結果，更多子粒得以長出。

麥子落在地裡，唯一的目的是將生命釋放出來，它的死，是為了下一季低頭飽滿的麥穗。麥子若堅持它的完整，「仍舊是一粒」，就不會有四季循環的復活。

與麥子相對的作物是稗子，人稱毒麥。稗子混生在麥田中，外觀與麥子相似，卻是有毒植物，不能食用，沒有絲毫價值，甚至影響麥田的收成。

母愛是有限的。陪孩子到處做復健、上早療課，我常覺得心情複雜。我願意為他赴湯蹈火，吞忍那些我不願意做的，但多半時候，我必須承認自己深感無奈。

所以我想起麥子與稗子。經過困境的破碎和磨碾，人長出的是什麼？是咬牙死撐的痛苦，還是仇恨命運的尖銳？如果橫豎都得犧牲，都得為了他人，將自己置於死地，那我希望自己是一粒麥子，放棄的跟忍耐的，都將長出生命的價值。

Something Sweet

兒子，媽媽跟你說，這人生，沒什麼大不了的。再苦再倦的日子，我們還是可以找點甜東西來過過癮。

自從錫安出生以來，我的生活突然充斥著各式各樣難以理解的名詞，畸形、自閉、遲緩、障礙、癲癇……種種形容，多半是關於兒子可能或正在面對的病症。剛開始聽到這些刺耳的名詞，我的心都像忘了繼續跳動、發麻，然後漸漸往下沈。頭腦一片空白，瞪大的雙眼直視對面沒有太多表情、訓練有素的醫護人員。

我點頭說聲謝謝，帶錫安離開診間，極想拔腿就跑，但我不能走，必須在門外等候藥單和回診單。

抱著錫安，坐在一排排或藍或綠或橙的椅子上，我盡量胡思亂想。想著怎麼每家醫院的椅子都一樣硬邦邦的，椅子顏色都好單調，缺乏美感。

我抬起頭望著醫院死白的牆，臉仰得高高的，把眼眶撐大，不讓眼淚留下來。

那是剛開始的時候了。現在我會隨身攜帶一本小冊子，就算聽到這些名詞還是令我受不了，但我會趕緊深呼吸，記下醫生口中的病名與形容。

上治療課時，我反覆模擬復健師的手勢，以便在家能帶孩子繼續練習。我上網查資料，記錄錫安的變化，下次回診和上課，才能有更進一步的討論。

最重要的是，我學會了去醫院之前，先準備錫安最愛喝的果汁，葡萄、蘋果或是黑棗口味。平常他只能喝水，要不然就是加水沖淡的果汁。這麼一杯純度百分百的甘霖，是受盡煎熬才能享受的獎賞。

在聽了又一個惱人的診斷，還是辛苦地做完復健之後，我把錫安抱上他的汽車座椅，把果汁遞給他。他一見到瓶中的液體不是透明，而是有顏色，馬上就知道這不是無聊的白開水！他眼睛一亮，兩隻肥肥的小手奮力往前伸，搶下我手中的水杯。

從醫院回家的路上，經過麥當勞的得來速，我偶爾會點一杯漂浮冰咖啡。苦苦的黑咖啡加上奶香濃郁的冰淇淋，又苦又甜的冰涼滋味，慰勞我在三十五度酷暑下來回奔波的疲憊。

停在路邊，我小口啜飲著咖啡，身旁的錫安嘖嘖地喝個痛快。坐在空調的車裡，我們呼吸清涼的空氣，喝著甜甜的東西，我突然想起媽媽。

小時候，媽媽偶爾會買一個鮮奶油蛋糕回家。我雖然很高興有蛋糕可吃，卻仍看著日曆，不解的問，媽媽，今天沒有人生日啊！

媽媽告訴我，她幼時家境貧困，全家七個人睡在五張榻榻米上。她每天走路上學，學校對面有家麵包店，每次經過，她都故意放慢腳步，只為了要欣賞那一塊塊躺在溫暖的燈光下、胖胖圓圓的麵包。

櫥窗裡是另一個世界，即使只隔著一片薄薄的玻璃，她卻從來不知道麵包是給人買來吃的，以為那是供人欣賞的貴重物品。直到十五歲那年她生了重病，外婆才頭一次買吐司給媽媽吃。

嚼著那一片軟綿細密的吐司，雖然只有一片，但舌尖纏綿的甜蜜滋味，讓她忘了身上所有的疼痛。

從此以後，她成了熱愛甜食的人，舉凡蛋糕、餅乾、麵包，如果經濟許可，她都要買一兩塊來嘗嘗。別人笑她愛吃甜，她義正詞嚴地為自己抗辯：「日子太苦了，所以要吃點甜的，才能彌補那些苦日子！」

真是富有人生智慧的發表啊！我終於明白媽媽的意思了。

喝完咖啡，我轉頭看了錫安一眼，說：「寶貝，我們出發囉！」他專注的吸著果汁，有時會「嗯」的回應一聲，頭也不轉，眼珠子瞄了我一眼，大意可能是：「娘，下一次可不可以帶多一點果汁啊？」我放下手煞車，腳踩油門，繼續往下一個目標前進。

兒子，媽媽跟你說，這人生，沒什麼大不了的。再苦再倦的日子，我們還是可以找點甜東西來過過癮。

只要能夠在一起，你喝甜甜的果汁，我喝涼涼的咖啡，每天都是那麼值得，每時每刻都是那麼的暢快和甜美。**I love you my sweetie! You are my something sweet!**

笑

當我再度轉頭，卻發現孩子和家長們都離開了，整間遊戲室只剩下兒子、我，和安靜飄揚的氣球。

每個禮拜一，我都陪兒子坐在長凳上，等他的課開始。

上一堂是團體課，學生年齡介於八到十二歲。門一開，孩子們總是爭先恐後的逃出來。即使心裡著急，他們的身體卻不聽使喚，歪七扭八的步伐，每一步都踩在跌倒邊緣。或許是被課程消耗掉太多體力，加上身心不協調導致的事倍功半，他們終究緩下腳步，目光呆滯，精神萎靡的慢慢走。

只有女孩不是。

女孩也走出來，同樣步履蹣跚，像個漏電的機器人，行動僵硬，只能一步一腳印的往前。不像其他人垂頭走著，她抬頭挺胸，又大又圓的眼睛四處張望。她高，站在同齡學生中顯得突兀；她瘦，同學們不經意的碰撞險些害她仆跌。但這些都不是她引人注目的原因。

她笑。

像是小丑粉墨登場，一張嘴咧得那麼開，似乎就要咧到耳朵上了。

我看不出女孩的確切年齡，她的身形跟著歲月往前，心智卻任性停滯，是十歲或十五歲都已失去意義。白花花的日光燈映出她嘴角兩旁的唾沫，到底是因開口笑而忘了吞嚥，或是她本身就無能抑制口水？我只知道，她每個禮拜一都會向我兒子走來。

她看到兒子，心花怒放的盯著他笑。蹲下來，一張臉湊得那麼近，不像在看，倒像要舔，我本能的挺起胸膛，擋在她和兒子中間。

兩條垂在胸前的辮子，說出每天早上有人為她細心打理，冀望女孩就要有女孩的樣子。身上穿著的制服，代表女孩屬於某個學校，上課下課，師長同儕，就如一般莘莘學子。但她那樣走著、笑著、逼近著，在同情或體諒都來不及規範之下，我第一個、也是唯一的反應，只有毛骨悚然。

她偏頭看著兒子，嘿嘿嘿；兒子被她逗笑了，呵呵呵。兩三個小孩嬉鬧經過，女孩轉移目標，眼神緊緊尾隨他們，興奮的尖叫。

我趕緊帶兒子走進教室，關上門前，看見女孩獨自站在長廊上，鎖定下一個小男孩，又蹲在他面前笑起來。

男孩的眉眼鼻全都皺成一團，開始喊媽媽了。

※

有段時間，兒子是不會笑的。

如同植物安靜的攀緣生長，天花板是他最好的朋友，一望便是八小時。醒著如同睡了，醒了又是為何？缺乏情緒的高低起伏，我難以判斷他的需要，體會他的存在。

那些日日夜夜，我儼然是個幸運的母親。孩子夜半不哭，白晝不鬧，除了進食與餵藥，他不要求我多餘的時間和精神。雖然兒子並非不孝只是不笑，但我是如此的心力交瘁。

夜裡聽著他沈穩的呼吸，我輾轉難眠；白日隨時悲從中來，不分場合的飆淚。所幸眼淚會乾，哭久了也會累。我開始帶著兒子去醫院做復健、上早療課，從此進入特教體系。

老師鼓勵我，孩子越是不懂得表達情緒，媽媽越要對他擠眉弄眼，經由觀察大人的臉部神態，孩子的潛意識裡將不斷被灌輸喜怒哀樂的觀念。

所以我不僅不哭，我還試著笑。避開兒子的面無表情，我盯著他黑亮瞳孔裡那笑開的自己，告訴他，媽媽正在對你「笑」！我微笑、竊笑、奸笑、放聲大笑，千方百計想要引起他的注意。雖然多半時候都是對牛彈琴，但我不洩氣，更不敢放棄。

至於那些不死心的微小希望，就醫學而言的巨大妄想，我只能禱告。不求兒子聰明絕頂，甚至不求他能說話、寫字，我只求他有天能夠感覺，享受大笑的自由和暢快。

※

在兒童復健室裡，我目睹孩子們為一個往前的步伐，接受數不清的魔鬼訓練。看見孩子只有一個眼、一隻手、一條腿，頭驚人的大、耳朵卑微的小。純真卻痛苦的臉龐，未經世事便身心俱疲，他們的人生尚未真正開始，就失去了揮霍的權利。無需言語，他們的汗與淚都向我啟示生命的無常與可貴。

尤其是他們的淚。我眉頭深鎖，太陽穴隱隱抽痛，那時而哀怨、時而雄偉的哀哭，不停試探著我因母愛而忍受的極限。

我偶爾會想起那個咧著嘴的女孩。兒子的課被調開，我沒再見過她。她的笑，現在想來真是忘憂。

許久之後，藉著早期療育與藥物調整，雖然步伐還不太穩，可兒子終究會走路了。他漸漸從渾沌中醒來，重拾情緒，嘴型不再是直線一條，上弦下弦，他懂得微笑和癟嘴。

他的開懷帶我沖上青天，天空湛藍，每一朵雲都是兒子的歡顏。連他的眼淚都好似秋雨，涼爽清新，滋潤我乾涸的心田。

可惜好景不長。

不同的課程有不同的老師，但他們卻都同時發現兒子表達情緒的方式越來越強烈，擔心他將來進入團體生活會被誤解與排斥。

兒子常常歡欣鼓舞的旋轉、拍手。過去壓抑太久，如今盡情歡樂，有何不可？直到他的表現一次比一次脫軌。隨時隨地，像是想起一則笑話，還是被點到笑穴，他邊笑邊打轉，路人總是莫名其妙的圍著他看。孩童的幼嫩聲音更是導火線，聽到孩子笑，他大笑；聽到孩子哭，他尋找聲源，笑著撲在哭鬧的孩子面前，就快要臉貼臉！

看到他爆發力十足的動作，對方哭得更大聲了。

我噓，要他小聲。我搖他的肩膀，要把他從自己的極樂世界裡晃出來。他都不懂，以為媽媽在逗他，笑聲更為刺耳。無計可施的我只好摀他的嘴巴堵住聲源，甚至用力捏他的肩膀，寧可惹他哭，也不讓他持續狂笑尖叫。

我沒有想過，笑也分為正常與畸形。我忘了向神備註，我的孩子不僅要笑，還要笑得正常，笑在可以被世人理解的範圍內。不是你獨樂，眾人就會與你同樂，笑得不明就裡，比不笑更為可悲。

然而人情世故裡，各式各樣可以被體會與容忍的笑，哪一個能比兒子的更為透明單純？熱戀中的情人打情罵俏，眉飛眼笑；分手後卻只剩下皮笑肉不笑的客套。職場裡，面對上司的笑中帶話，同事的笑裡藏刀，有人練就一身嘻皮笑臉的功夫，有人總是一副似笑非笑的神祕模樣。那些難以啟齒的，就以一笑帶過；那些尷尬無解的，只能啼笑皆非。笑的定義由此因人而異、因環境改遷。它不再只是歡樂的直接表達，反而隱藏太多意涵，背負太多故事，甚至是情緒壓抑的變相表顯，成為苦的、假的，與本意衝突矛盾。

四下無人的時候，我從不制止兒子，讓他盡情的旋轉跳躍。他的笑容是如此純真無邪，人說他是激動也好，瘋亂也罷，我享受，他沒有瑕疵、近乎癲狂的喜悅。

※

雨下不停的星期六，母子倆在家悶到快發霉了，我決定帶兒子去附近的室內遊樂場。

假日，小小的遊樂場裡擠滿了人，到處都是小孩的尖叫混雜著大人的怒斥。售票小姐年紀輕輕，臉上淨是受不住噪音的厭煩，把票遞給我時耳提面命，今天場內人數太多，兩小時以後就得出場。

來到陌生的環境，兒子先是猶豫，不肯往前。我帶他熟悉各樣遊樂器材，滑梯、球池、水床、滾輪，最後走進飛滿大氣球的遊戲室。

天花板四邊懸吊著四支大風扇，強勁的風勢吹得氣球上下彈跳，紅、黃、藍、綠，七彩氣球在風中飛舞，孩子們的衣襟被吹起，有人驚聲喊「躲球」，有人興奮吼「接球」，聽見高分貝的嬉鬧，兒子整個人高昂起來，想要衝進遊戲間。

我用力拉住他，這回輪到我猶豫了。

不久之前，兒子又在團體課中大肆轉圈，亢奮情緒難以安撫。下課之後，老師留住我們。她翻閱兒子的紀錄本，一頁又一頁、從六個月到四歲的復健歲月在她指尖下快速流轉。末了，她總結：「從他最近的舉動，我們懷疑他可能有『天使症候群』。得到這種病的孩子不是很多，不過，我們好像收過這樣的學生……」

我突然想起那朵不知人間疾苦的微笑，啊！不要！

但她也想起來了。「對了！我們這裡曾經有個天使女孩！」她請那女孩的老師出來，向我進一步說明病患行為。咬著牙，我把話聽完、道謝，抱起兒子轉頭就走。

……發展遲緩，極少的語言表達甚至失語。移動時四肢顫動，平衡困難。舉止異常，尤其是止不住的笑，重複拍手、旋轉，注意力不集中，情緒容易被挑動……

不！我的寶貝不是你們的天使！這失而復得的笑容不是一種病兆！

兒子掙脫了我的手，看到的不是氣球。他衝到每個孩子跟前，對他們大笑；轉著圈，對他們拍手尖叫。大孩子不再搶球，愣愣的盯著他；小孩子有些懼怕，躲到媽媽身後。我感到周圍焦灼的注目、擔憂的臉龐和聽不清的細語。

我想解釋，我的孩子不會說話，笑是他表達喜歡的方式。但我忙著抓住兒子，搖撼他的肩膀，要他安靜下來注視我。我把他帶到牆邊，拿下幾個氣球給他玩。但沒一會兒，聽到孩子們的嘻笑，他又開始追著人跑，步伐歪扭險些仆跌，連帶拍打到一個小女孩。

我急忙道歉，女孩的媽媽沒說什麼，默默把孩子帶開。我連拉帶扯，再度將兒子拖到角落進行喚醒儀式，說什麼也不再讓他亂跑。當我再度轉頭，卻發現孩子和家長們都離開了，整間遊戲室只剩下兒子、我，和安靜飄揚的氣球。

也好。我放開兒子的手，坐在家長等候區，讓他一個人在裡頭盡情玩個夠。

但少了其他孩子，他杵在角落，興致缺缺，不大叫也不轉圈了。仰起頭，他一個人呆呆的凝視著色彩鮮豔的氣球。

「寶貝！」我叫他，喉頭緊鎖，聲音有些粗嘎。

四支大風扇呼呼作響，他的頭髮都被吹亂了。靠著牆壁，他一臉若有所思，似乎在想其他小朋友都到哪兒去了。

「寶貝！」我清清喉嚨，站起來，音調高昂的大喊。這次他聽到了，眼神找到我，歡欣鼓舞的拍拍手。

「來！」我蹲下，敞開雙臂。「來媽媽這裡！」

他哈哈大笑，如春雷乍響，如陽光燦爛。漫天飛舞的氣球中，他向我跑來，跌跌撞撞卻滿心歡喜，沒有一點顧忌，不帶一絲遺憾。

秒針

為了記錄兒子每次的癲癇發作，從幾秒到幾分都得精準。
我在每個房間掛上規規矩矩、分毫不差的鐘；我戴上了單調呆板、標榜計時功能的錶。

自從開始照顧錫安，我脫下那些極具設計感卻沒有數字的錶，就算有數字，只有分針的錶也被淘汰。我拿下當年高價購得，由某位名師設計，毫無格線、只有兩支銀針，安靜飄浮在黑色鏡面上的鐘。

因為它們都沒有秒針。

我在每個房間掛上規規矩矩、分毫不差的鐘；我戴上了單調呆板、標榜計時功能的錶。

為了記錄兒子每次的癲癇發作，從幾秒到幾分都得精準。他一倒下，我盯著手上的錶，或四處搜尋牆上的鐘，我一面抱著兒子，一面計時，秒針滴答滴答的轉動，發作沒有停，就得算下去。好讓我每個月做張發作次數表，參考圖表上的高低起伏，與醫生討論他的用藥和病情的發展。

當了家庭主婦之後，我迷上跑步機。迷上一個人戴著耳機，在狂放的音樂中跑步飆汗，半小時也好，那是唯一可以只為著自己的時間。有時候，快跑不下去了，全身的肌肉都哀求我可以休息了，但我仍邊喘氣，邊瞪著計時器。秒數一秒一秒的往上跳，鼓勵自己，下一秒就可以休息，下一秒、再下一秒，可以繼續，就不要放棄。

秒針一格一格的走，走過了就不回頭。我用秒針記錄自己的生活，用秒針數算兒子的病痛，看著秒針，告訴自己只要堅持，日子就會一格格的過。

以秒計日，時間變得漫長。滴答聲，如此刺耳的響亮。

當錫安的媽媽三年多，我學著不為明天憂慮，一天的難處一天當，不想太多，凡事往光明面看。

愛裡，沒有懼怕

等了好久，妹妹終於要把她的「他」介紹給我。電話那頭，聽得出她有點害羞，有點緊張。我為她高興，經過那幾次她的傷心與她不得不傷別人的心，或許，只是或許，這個「他」能夠永遠讓她開心。

約好時間地點，結論是喝咖啡不吃午餐，我們掛上電話。我知道自己還有一個問題沒說出口，即使我可以猜出妹妹的回答。

三十七度的炎熱午後，我與GiGi有約，帶錫安一起去Audrey的家坐坐。我與GiGi相識的時間雖短，卻以驚人的速度熟稔起來；和Audrey則打過幾次照面，卻從來沒機會細聊。

三個女人席地而坐，在Audrey的屋裡邊吹冷氣邊喝冰品，談天說地。錫安又爬又走，不時興奮尖叫。GiGi稱讚他越走越好，比上次走得更穩了。錫安瞥見大家都在觀察他，停下腳步，望著我們哈哈大笑，不斷拍手。

「他在耍寶，這是他最近學會的動作。」我解釋。原來如此，GiGi跟Audrey連忙稱讚：「哇！你好厲害喔！」

錫安到處亂摸，衝到書櫃前硬要抓下陶瓷擺飾，幸好我的功夫極高，馬上以比閃電更快的速度遏止怪手。走到無聊，兒子居然伸出舌頭，Audrey黑到透亮的鋼琴硬是被他舔了一口。

「不好意思不好意思……」我拿出手帕猛擦。解釋錫安不是不願意聽指令，他是完全聽不懂人話，我無法教他守規矩。Audrey大人大量，表示一切都可以讓錫安盡情玩，壞掉？再買新的就好了啊！

Audrey在醫療體系任職，雖然我不願才認識新朋友就馬上討幫忙，言談中還是不免提及錫安的狀況。她客觀的說出想法，分享經驗。末了，我拋出藏在心底已久的問題：「錫安將來有機會和正常小孩一起上學嗎？還是得去特教學校？」

她以無比的溫柔回答：「我想，他以後得進特殊學校。」隨後解釋混合班級的可能，但一切端看錫安將來的發展。她勸我給錫安多一點時間，上早期療育課程、發展語言能力，「我們多禱告，不要放棄。」

坐在一旁的GiGi安靜地聽我們說話，我望向她。她對我微笑，以同樣無比的溫柔。

我還是決定打電話給妹妹。

聽了我的問題，她很不滿意，幾近憤怒：「你為什麼要把錫安藏起來？」我說這不叫藏，不是每個人都能馬上接受如此特殊的孩子，如果對方被嚇到怎麼辦。我自己都花了好長一段時間才能接受，連錫安的爸爸到現在都還無法接受兒子的狀況。

曾經有長輩介紹一位黃金單身漢給妹妹。可惜陰錯陽差，當時是我扮演傳遞電話號碼與交往意願的中間人。黃金單身漢是個醫生，從長輩那邊耳聞錫安的情形。他很有禮貌的詢問，我也盡可能提供簡單概況。然而，直到現在我都不明白，自己是否說錯話。

黃金單身漢問：「主治醫師有沒有說過你孩子為什麼會這樣？」

遲鈍如我竟然回答：「他說有可能是機率，也有可能是基因。」

從此，妹妹當上醫師娘的機率急降為零。不過她說她毫不稀罕，醫師娘這種夢想不在她的基因裡。

無論我如何解釋，如何建議等關係更穩定一點才讓兒子露面，妹妹還是很固執：「那你這樣就是藏！錫安是我們家的一分子，要追我，就要接受錫安；如果他不能接受，我們就不必繼續下去。反正你帶他來就對了！」

當錫安的媽媽三年多，我學著不為明天憂慮，一天的難處一天當，不想太多，凡事往光明面看。

但我常常踏進一窪又一窪的恐懼中。錫安開始發病的初期，我不敢帶他出門，怕任何人事物都會刺激到他。當醫生將報告遞給我，指出兒子腦部的缺口永遠不會再長出來，巨大的憂慮從此展開。我東怕西怕，怕他一輩子不能行走、言語，無法謀生；我上網不斷搜尋療養院，因為不知道自己能陪他多久。有天我離開了，將來誰能全心全意地照顧他？

我回想，自己是怎麼一步步走出恐懼的泥淖？怎麼走出門？怎麼再歡笑？怎麼接受兒子將永遠與病共存？怎麼硬著心腸不攙扶、看他跌倒再自己站起來？我忘記是誰，是哪個場景了。但我記得那些懷抱的力量，在愛中的當頭棒喝與義不容辭。還有，那些無比溫柔的微笑與眼光。

愛裡沒有懼怕，完全的愛把懼怕除去。

我彎下身，把錫安的上衣紮進褲子裡，白色Polo衫配格子褲，「寶貝，你今天好帥喔，媽媽怎麼能夠生出這麼可愛的大頭啊？」

娃娃車上的錫安咯咯笑個不停。我看見妹妹在餐廳裡向我揮手，她身旁有張靦腆的笑容。我笑了，也向她揮揮手。抬頭挺胸，我推著錫安走進去。

人生試金石之「試」

孩子屬於弱勢團體，我也在弱勢的一環裡，別人的漠視或排擠，我視為正常；善待我們的，都是神差派的天使，可遇不可求，得到了更不能強留。

這幾年來，除了醫院，錫安還到過不同的復健診所和特教機構上課。每個星期母子倆跨區跑兩個縣市、五處地方，他們說孩子的黃金成長期只到七歲，為了跟時間賽跑，奔波根本不算什麼。只是偶爾開車開到頭昏的時候，我會幻想自己是星媽，正帶著比小彬彬更可愛的明星兒子趕場。

那家躲在巷子內的小小診所，我每週必去兩回，有一陣子甚至高達一週四次。那裡有位名師坐鎮，口耳相傳，大家不遠千里風聞而來。門口停滿摩托車、輪椅和娃娃車，大人小孩的鞋子散成一地。

診所旁邊有一條狹長死巷，長三輛車、寬一輛車，應是廢棄樓房被拆毀而遺留的泥濘。開車的家長先到先停，一車接一車的停成長條型，若是後面的車要出來，前面的車得一台台開走，待後車離去再一台台倒車入庫停進去。

三輛、最多四輛車的空間，通常是早上或下午第一堂課的家長才有機會停到。雖然離診所一百公尺就有收費停車場，但父母多半能省則省，總是不死心的繞到診所旁，看看還有沒有車位。家有特殊兒，錢要花在刀口上，捨得花錢請外傭照顧小孩，出手卻不如貴婦，連半小時二十元的停車費也捨不得。

即使擁擠依舊，小小的診所卻越來越像樣了。門前擺設鞋架和等候的長凳，那條狹窄死巷鋪上水泥，坑坑巴巴的泥地被填滿之後，長度仍是四輛車，寬度卻整整多了一倍，得以容納並排停車。即使後車要出仍得勞師動眾，常常是家長陪孩子上課上到一半，就被叫出去移車，但是空位就在診所旁，不僅免費更是就近，身障生行動不便，停車場離教室當然是越近越方便。因此，從前四輛車的位子，搶不到很正常；如今八輛車的容量，依舊成為家長廝殺的戰場。

我的倒車技術因這片窄小空間日益精進，不是快撞到牆，就是差點擦到另一排車，必須極度小心、手眼並用。不僅如此，我的耐心、愛心與同理心，也開始屢屢遭受試驗。

如果當天只有一堂課，大家多半不希望停到最裡頭的位置。因為半小時後下課了，假使前頭都停滿了車，你還得麻煩其他家長移車。櫃台小姐呼叫車主們，但不是每位都能馬上配合，你必須等待，等前三個、甚至四個車主都到齊，才能把車開出來。因此，明明後頭空無一車，一或兩輛車常常就這麼堵在最前面，請他們往裡面停，他們卻說孩子的課只有半小時，待會兒就離開。但在那半小時中，為了他們的方便，沒有一輛車可以停進去。如同公車或火車上不肯往後移動的乘客，他們的理由都一樣——我們快要下車了。

如此自私的車主頂多令我嘆氣，還不至於動怒。我沒時間再向櫃台小姐申訴，請人往後移動讓我停車，錫安的課比較要緊，我總是直接開進收費停車場，免得等人移車的時間會害兒子遲到。

令我火冒三丈的是，車主趁你正在移車給後車離開的空檔，停入你原本的車位。後車出來，我正打算再後退，卻從後照鏡中看見一輛車搶先倒車入位。我氣急敗壞的搖下車窗，卻看到對方已經停好車，正在搬移一位無法自己行走的小孩。

看到孩子，我口裡的話頓時灼熱下肚，說不出來。

多半時候，當你搖下車窗，無需開口，車主便有感覺，總會問一聲：「要離開了嗎？還是要停進去？」理虧的，無論臉帶歉意或臉色難看，總會把車位讓出。但就有一班人，對你的注視禮視若無睹，自顧自的停車下車。面無表情，連看都不看你一眼，你的損失大不過他的苦難，他甚至不想知道你到底只是移車還是準備離開。

我從未跟他們理論，不是因為修養好，只是同為特殊兒的家長，我明白揹扛孩子的辛苦，所以甘願容忍。但難道身為弱勢，就理當享有更多的諒解與禮讓？失去對優勢或同是弱勢族群的同理心？

人不是神，沒有無限的愛與忍耐。上天不公平，命運虧待你，你病了、殘了、身無分文甚至無家可歸，你值得同情，需要多一點幫助和安慰。但你的悲慘不是他人的負擔，倒楣不是他人的過錯，周遭伸出援手，你該心懷感恩，不能覺得理所當然，進而予取予求。

對某些人來說，苦難能夠成為他們的食物，滋養心靈，鍛鍊心志。對另一種人而言，苦難只讓他們嘗來是苦的，相處起來是難的。孩子屬於弱勢團體，我也在弱勢的一環裡，別人的漠視或排擠，我視為正常；善待我們的，都是神差派的天使，可遇不可求，得到了更不能強留。如果有一天，錫安大到能夠感知歧視，忿恨先天差異所造成的後天優劣，我會告訴兒子，你的認知能力足以感覺與分析，就代表你還有能力改變。放下那些無法重來的，山不轉路轉，轉變你的心態，擁有尊嚴的活著，人必自重而後人重之。

殘酷以對的，你無需效法連你自己都看不起的族類；施予溫暖的，你要拚了命的珍惜，萬萬不可揮霍他們的愛心。你的生命充滿火燒的試煉，那是因為你是顆寶石，不要被糞土遮掩纏累，耐住性子，你要越磨越亮，越磨越剛強。

我也一直對自己這麼說。

人生試金石之「金」

我慶幸自己曾被她打擊，在挫折中學著不放棄，過程中更認識了她熱烈的真我。

要進她的班很難，不僅因為常常額滿，上課之前，孩子還必須先經過她的評估。課程進度不同，有些已經開課的，學生都已經跟著她一年半載，中途加入的孩子程度必須與同學相距不多，才能進班。但因為她一直在教課，能夠騰出來做評估的時間少之又少，光是評估那十五分鐘，我就等了整整半年。

後來我才知道，有的媽媽直接殺進診所，帶著孩子守在教室門口，在下課的空檔把孩子帶到她跟前快速說明孩子的狀況。如果她認為程度跟得上，班級裡也有空位，那就順水推舟，馬上進班。

我太老實了，錫安因著他的傻媽比別人多等了六個月。

好不容易見到她，我其實很驚訝，名師多半上了年紀，而她一頭及肩的黑亮直髮，白皙的皮膚，明眸皓齒，看起來溫柔婉約，我鬆了一口氣。

越有名的醫生或復健老師，能夠給予病人的時間越少。他們多半行色匆匆，有的近乎不耐煩，或許見識過太多奇特的病症、奇怪的父母，加上醫院的行程緊湊，要負責的病童過多，他們沒有閒暇問候或詳細回應。

沒想到，我根本不應該鬆了那口氣，皮反而應該繃得更緊！

抱著錫安，她問了我錫安的病歷和目前的進展，帶他做了幾個簡單的測驗後，隨即宣布，今天剛好有一堂課適合他，十五分鐘之後開始上課。

我什麼都沒有準備的坐在教室裡，錫安在地上爬來爬去。幾對母子、母女紛紛走進來，孩子們乖乖的在椅子上坐好，媽媽們掏出筆記本和原子筆，再從袋子裡拿出一些顏色鮮豔、造型特異的紙盒。看起來大同小異，但是成品粗糙，顯然是自己做的。

媽媽們向我微笑，其中有位問：「第一堂課啊？」我點點頭。

她又問：「你沒有帶筆記本嗎？」我搖搖頭，她趕緊撕了一張紙給我，說：「這張紙給你寫，你去跟櫃台小姐借筆。老師最不喜歡我們上課沒做筆記！」

我趕緊去櫃台借了筆，回教室的時候，看見錫安在老師懷中扭來扭去，她尖聲命令：「上課了！坐下！」

老師用力壓住抗拒的錫安，兩個人爭得面紅耳赤。感覺力不能勝，錫安哭了，只好乖乖的坐在位子上。她杏眼圓睜，嚴厲的說：「媽媽，上課就是要教他坐好，不可以讓他亂跑，知道嗎？」

看到她堅決的表情，我點點頭。其實陪兒子上早療也有一段時間了，老師們各有各的風格，有的不勉強孩子，席地而坐也可以；有的會先讓孩子跑一跑，消耗精力，再要求他坐好。錫安聽不懂指令，如果要他坐在椅子上，唯一的方法就是勉強他。

媽媽們拿出自己製作的手工藝和進度表，我才知道那是訓練眼睛追視的色板盒，老師一一詢問過去一星期練習的狀況，寫下註記。

我一手壓住錫安，另一隻手抄筆記，緊張得很，因為老師說話很快，兒子又動個不停，我不太知道自己聽到什麼。更糟的是，她說完之後，就要媽媽立刻帶孩子練習一遍給她看。

其他媽媽們習慣上課的節奏，很快跟上進度，舉一反三。只有我，完全在狀況外，手擺錯部位，按摩不該擠壓的地方，加上錫安開始不耐煩的尖叫，我更手足無措，只好神色慌張的問老師：「可不可以再示範一次？我剛剛沒有看清楚。」

她重重的嘆了一口氣，把錫安拉到身邊，直接在他身上操作一次給我看：「這樣知不知道？」然後，她說了一句令我永生難忘的話：「小孩狀況都已經這麼差了，你上課還不仔細看！」

每星期帶錫安上她一次課，頭幾個星期，我下了課總是邊哭邊開車回家。我不清楚自己到底是在哭兒子的可憐、我的辛苦，還是老師的直接。她讓我想起研究所時期的英國教授，一位白髮蒼蒼、看似和藹可親的老太太。法國學制的評分由零到十，她竟然可以批出負二分的成績，讓我們知道自己的程度有多麼低！她曾經把班上英國同學的考卷貼在黑板上，諷刺的說，寫這篇文章的人不配稱為英國人！還是回英國把英文讀好，再來法國讀研究所比較實際吧！

她讓我想起動不動就狂飆怒斥員工的老闆，不願意買產品又猛烈批評的客戶，她是我惡夢的總和。

即使如此，好不容易才讓錫安進了班，短時間內看不出成效，我不能打退堂鼓。介紹我這位名師的媽媽問起上課的情形，我問，老師講話都是這樣嗎？她向我保證，老師是刀子嘴、豆腐心，相處久了，會發現心直口快的她其實心地善良。

就這樣，我吞下自己的不舒服，陪錫安上了整整兩年的課。並不是為了見證她是否心地善良，而是在她的要求下，兒子注意力比較集中，上課也願意守規矩坐好。

我漸漸發覺老師對特教領域的認真、對孩子們的愛心。不僅如此，我發現她的天性其實非常熱情，只是悶在心裡，不善於表達。當她真情流露時，我們這些在她門下受教多年、習慣她大呼小叫的媽媽們，全都受寵若驚，以為太陽打西邊出來了。

有次，錫安感冒長達一個月，每次上課他就咳嗽。老師皺著眉頭問我，媽媽你有沒有帶他去看醫生？到底有沒有幫他拍痰？怎麼拖這麼久還在咳？

我說有啊！只是他一直無法完全痊癒。我心想，這是什麼問題啊？兒子感冒，半夜沒睡幫他拍痰的都是我，我怎麼可能不帶他去看醫生？

下次上課前，老師突然塞了一個紅白塑膠袋給我，也沒說話，我還以為她要我去丟垃圾。臨走時，其他的媽媽和孩子都不在教室了，她淡淡的說：「如果錫安快感冒了，就在他喝的水裡放幾滴蜂膠。維他命是德國原裝進口，跟同事團購的，我還剩下一瓶，小孩生病會傳染給媽媽，你喝。」

她說完就走。留下我，抱著錫安坐在教室裡，愣愣的握著塑膠袋，連謝謝都忘了說，不敢相信剛才發生的事。

她發言依然直接，常讓我萬箭穿心。每每有新的媽媽加入，我都可以感覺到她們想哭的衝動。只是日子一久，她說的話雖如千刀萬剮，我卻從中聽得出她的用心。她的確不懂修飾，但所陳列的都是事實，沒有糖衣，沒有安慰。她最常用的造句還是——孩子已經這個樣子了，媽媽你還遲到、還沒做筆記、還把孩子整天交給傭人帶？她面對的母親有些是藍領，有些是貴婦；有的在夜市擺攤，有的是大學教授，但她對我們的要求從未因富貴貧賤而改變。

明白她的為人，我越來越喜歡她。她不兇的時候，根本就是個傻大姊，說話動作都帶點無厘頭。幾次，她在課堂上講起笑話，自說自笑，媽媽們面面相覷，不太知道她的梗在哪裡，我們也跟著笑，但笑點是她的笑話太冷，沒有人聽得懂。

她教我們自製教具，但她的作品是為了示範，並非真的給孩子使用，所以只有點到為止，經常歪七扭八。她要我們把她做出的教具帶回家用，沒有人要拿，只好自己找台階下：「好啦！你們自己回去做美美的好了！」

上她的課還是有壓力，但我學到很多照顧錫安的方法。她會介紹國內外相關書籍，幫我們團購；為了省時，她依照各人孩子的狀況，告訴各個媽媽應讀的章節。

從事特殊教育多年，無論是各縣市政府的補助計畫，還是幫孩子找托兒所、特教學校，問她準沒錯。若是不知道答案，她會不嫌麻煩，打電話詢問認識的媽媽或學生們，上過她課的人如過江之鯽，團結力量大，許多資訊和建議便蜂擁而至。

兩年以後，我為錫安找到合適的托兒所，不再到處奔波上早療課了。最後一堂課，她照常記下我們在家練習的進度，帶錫安操作，並叮嚀我進園所後，應當如何與園長為錫安制定前六個月的目標。半小時很快就過去了，下一堂課的媽媽和孩子們已經在教室門口排排坐，她大聲宣布：「好！下課！」

一聽見下課，錫安馬上離開椅子，跑到門邊。

我叫住兒子：「錫安，怎麼沒有謝謝老師、跟老師說再見？」

錫安還不會說話，可是他把手臂舉起來。短短肥肥的手掌，招財貓似的往前揮一揮，這是他的再見。

「老師，謝謝你。」我說。

她站在桌旁，低頭收拾桌面，「嗯」一聲算是回答。我遲疑了一秒，還是決定問她：「老師，可以抱你一下嗎？」

她抬起頭來，突然哈哈大笑，什麼話都沒說，就用力的抱住我，還不小心踏到我的腳。她的擁抱出乎意外的結實，我很訝異；她的反應還是這麼另類，我也笑了。

一上車，錫安不到五分鐘就睡著了，可見上她的課有多累。開車回家的路上，我想起兒子的進步與自己這些年的改變；想起老師說過的「狠」話，她尖銳的聲音和開懷的笑容。我慶幸自己曾被她打擊，在挫折中學著不放棄，過程中更認識了她熱烈的真我。

真金不怕火煉，時間，總會顯明真實；受得住試煉，必會璀璨如精金。

人生試金石之「石」

記錄錫安的成長，是我學會勇敢的方式。
只有我走進光中，孩子才有可能不留在黑暗裡。

起初成立部落格，我在其他的文章也提過，是為了散居在海外各地的親人。錫安出生之後，我上傳照片，在旁邊寫些短文，分享初為人母的喜悅。之後，孩子的病症診斷確定，我傷痛欲絕，部落格完全被擺在一旁。

大家陸續聽說錫安的狀況，非常擔心我承受不住，紛紛藉著電話、郵件關心我們母子。於是，我決定重新記錄錫安與我的生活，為了自己可以不必一再口頭敘述，更讓所有愛護我們的親友知悉進展。就這樣，我斷斷續續書寫了將近三年多的時間。

這三年多來，我結交了幾位富有愛心、值得一生相知的文友，更認識了許多從未謀面，卻有如家人般親切的網友。

作為身障兒的母親，我咬著牙從頭學起，即使對孩子有再多的愛，我也必須克服心中向著殘障或疾病的藩籬。記錄錫安的奮鬥，是為了有一天他若真能明白母親的文字，要珍惜這得來不易的生命，寶貝所有圍繞著我們的親朋好友。

經營這樣一個小小的部落格，偶爾還是會遇到負面的回應。因為一開始就不是為了討人喜歡或出名，我並不在意部落格是否被擁戴。在言論自由的社會中，若遇見批評就急著為自己辯解，必定沒完沒了。

然而只有一件事，我必須義無反顧，就是有人以「熱心」為名，漠視弱勢孩童及其家屬的需要，和實質或非實質的權益。

我認識一位女兒面容有殘缺的母親，她將女兒的照片放上部落格，無論是全家出遊或是校外教學，女孩的笑容都是那麼燦爛，毫無掩飾。我驚奇，怎麼會有一個心態這麼健康的女孩呢？如果是我在她那樣的年紀，必須承受那樣的臉孔，我會如何反應？

一天，我和那位母親坐在復健室外一起等小孩下課，聊起我的驚嘆。

她感慨的回想，當初把女兒的照片擺上去，有位不認識的熱心人士（奇怪，好像都是不認識的人有意見）在部落格留言，問她怎麼敢把這種照片公佈，難道不怕造成女兒的壓力？讓女兒承受他人異樣的眼光，將來可能會產生後遺症喔！

「你怎麼回答？」我問她。

她笑著說：「我很兇啦！我回覆那位熱心人士，為什麼我不能把女兒的照片放在部落格？為什麼我不能像其他媽媽一樣，分享孩子的笑容，分享我作為母親的喜悅？只是因為我的女兒臉上有缺陷嗎？你才是那個『異樣眼光』，你才是那個『壓力來源』！」

聽到她這麼說，我希望自己有她一半的勇敢，帶著錫安抬頭挺胸的，行走在這充滿不了解狀況卻又以熱心為由再次傷害弱勢的人群中。

我不清楚這些熱心人士的孩子曾帶給他們多少衝擊？不知道他們有沒有扛過十歲了卻不會走路、只會流口水的男孩？還是面對一個不會說話，只會在地上打滾尖叫一整天、一定要累到極點才會安靜的女孩？或許他們對病痛最糟的體驗，是孩子高燒三天不退；對疲憊最累的想像，是孩子整夜不睡又尿溼了整張床。

我不願輕看也不羨慕他人的景況，因為各人都有各人的難處。但當你絲毫不了解身障家庭的生活，就莫名其妙的高談闊論，不要以為我們的孩子沒辦法表達，身為母親的也要聽你說教。你何嘗懂得我們長期面對慢性病患的辛苦，或是面臨孩子插管、抽血、做盡成人都受不了的檢查卻找不出病因的煎熬？你可曾在我們需要幫助時伸出援手？可曾在我們的孩子住院時捧上一碗雞湯？

我們曾經絕望，曾經躲藏，然後自己慢慢站起來，再帶著孩子漸漸走出來。只有喜樂、有自信的父母，才能給予孩子穩定成長的環境。熱心的你，又曾陪伴我們走過哪一段？

發表意見的人信誓旦旦，說，我可以了解你們的處境，因為身旁的人曾有「類似」的經驗。他們對我記錄錫安的成長感到不以為然，以為這樣的書寫只是將孩子的狀況暴露在眾人眼中，使他成為茶餘飯後的閒聊話題。

在身心障礙的範圍裡，「類似」相當難以定義，有些患者甚至背負著兩三種不同的病症，更何況還有些病是找不出原因的，如同我的錫安。

身心障礙者也是人，也有高低起伏、酸甜苦辣，與所有的一般人相同。他們和他們的家屬，也必須面對許多困難，不僅是心理和經濟上的壓力，還有外界不公平的眼光。即使如此，我並不以為隱藏病況、迴避外人的評論，就能促使一個人心態健康，活在沒有壓力的狀態中。

我曾經聽過幾位身障兒媽媽們，每個月找一個星期六下午，打扮得漂漂亮亮，一起去五星級飯店喝下午茶。有人聽到了，不可思議的說：「你們的小孩不是很需要照顧嗎？他們復健課的費用不是很貴嗎？做媽媽的，怎麼還敢把小孩留給別人帶，自己跑去飯店花錢喝下午茶？」

所以身障兒的媽媽只能蓬頭垢面，苦情悲訴命運不公嗎？喝下午茶的媽媽那麼多，她們的孩子在哪裡呢？補習費已經很貴了，怎麼還能夠去五星級飯店消費呢？

有幾位陪孩子在同一家醫院復健了許多年進而相識的父母，假日都會相約出遊。好幾次，大夥兒還推著輪椅，帶孩子們一起去唱歌。他們無視於店裡其他客人異樣的眼光，也不管KTV裡員工不滿的神情。當我知道這件事，想起那種畫面，哈哈大笑，問：「小孩高興嗎？」

「當然高興！他們都不給爸爸媽媽唱，我們只好重複點一些童謠啊！」其中一位媽媽邊笑邊抱怨。

弱勢團體身後的痛苦和眼淚，沒有經歷過的人絕對無法體會。他們以自己得以抒發的方式，合理不放縱，能夠說出口、寫下來、走出去，已經是多麼不容易的事。而那些無法理解卻缺少同理心，以自我為中心發表自己所不明白的，無論教育程度有多高，所發的熱心有多燙，他們仍是社會上造成最多傷害，也最令人無奈的一群。

記錄錫安的成長，是我學會勇敢的方式；見證他從無到有的歷程，更堅定了我陪孩子奮鬥、永不放棄的信心。我不以為自己書寫的內容，是為了讓我的孩子將來難堪。我不覺得自己的孩子見不了光，就如同為人父母在網路上公開自己白皙嬰孩的照片。我不怕別人茶餘飯後想起錫安，每個人都必須努力過日子，但若還有人能夠在茶餘飯後的時間，給予我們關懷，為我們禱告，那是一種何等的祝福！

我想對所有身障生的家屬說，不管他人如何基於「熱心」發表任何高見，不要接受不公平的對待，不要躲起來。

只有你走進光中，孩子才有可能不留在黑暗裡。那如巨石壓頂的病痛折磨，我們不都接招承受了？這些沒有愛心的響鈸鳴鑼，沒有行為、只有言語的噪音，不必聽，就把他們當作路上硬要跳進我們鞋裡的碎石吧！你可以脫下鞋，往地上敲一敲，讓他們回歸屬於他們的塵土；再穿上鞋，光明喜樂的，繼續帶著我們的寶貝大步往前去！

媽媽，千千萬萬遍

病痛有如一頭獸，平常潛伏在體內，然而牠一旦被挑起，即使只是小感冒，被喚醒的獸都會狡猾敏捷地舉一反三。

她一直叫媽媽。

窄窄的健保房排著三張床。淡橘色的拉簾隔開三個病人，三種病情，三段不一樣的人生，卻隔不開聲音。

我沒有仔細看過她，只在護士把簾子拉開時驚鴻一瞥。一看就知道是個養不大的孩子，或者說即使養大了，卻還是長不大。

我聽到隔壁床的嘆息，明白那種不能抗議的無奈，雖然女孩不是故意的，與她同房的我們卻得承受睡不著的痛苦。

女孩只有睡覺時不說話，但她睡得又少，每天凌晨三點，她就起來叫媽媽。像是叫好玩的，像是她的呼吸，像是魚兒冒泡，像是關不掉的收音機，每隔三秒、五秒，我算過最長十五秒，她就會說：「媽媽。」

趁女孩離開做檢查的空檔，我問護士，她一直都是這樣嗎？錫安因她沒辦法好好睡，我們能不能換病房？H1N1加上腸病毒，病床都滿了。她的狀況沒人控制得了，護士抱歉的說，錫安媽媽請你多忍耐吧！

十八歲，還包著尿布。主治醫師帶著一群實習醫生，浩浩蕩蕩的巡房，我側耳傾聽實習醫生的簡短報告，不解著，起因明明是很輕微的病症啊，怎麼會演變成住院呢？又聽女孩的媽媽輕輕抱怨，孩子恢復得好慢啊！實習醫生沒接話，主治醫師才開口說，這樣的孩子原本抵抗力就比一般人差。生病初期又不會表達自己的不舒服，等到家人由肉眼可以觀察出異樣，病情多半較為嚴重，療程因此比較耗時。

我突然領會，資本主義原來存在於各種範圍，包括病痛。富者越富，貧者越貧；強壯者百毒多半不侵，體弱者則是疾病歡聚的天堂。有病的人就更容易生病，不正常的身體機制使惡疾益加肆虐。

我曾被提醒：何必神經兮兮，一點小病就帶錫安去看醫，別把小孩當溫室花朵養！沒養過這種小孩的父母絕對不曉得，病痛有如一頭獸，平常潛伏在體內，然而牠一旦被挑起，即使只是小感冒，被喚醒的獸都會狡猾敏捷地舉一反三，小咳嗽轉為支氣管炎，輕微發燒變成癲癇抽筋，一病疊一病，令人完全難以招架，無法收拾。

病房很安靜，只有點滴器偶爾發出嗶嗶聲，當然還有那同樣節奏、粗嘎嗓音的「媽媽」。錫安睡不沈，扭來扭去，我輕輕拍著他的背，哄他睡覺。

女孩喚媽媽，她的媽媽每十次才回一聲。有時候問「怎麼了」，有時候說「媽媽就在這裡啦」，女兒一本初衷，「媽媽」是她不變的發表。

我推算，如果女孩每十秒說一次，一個小時三百六十次，扣掉睡覺時間八小時，一年要叫兩百多萬次的「媽媽」。不知道她幾歲學會說話，如果是從五歲開始，那麼十八歲的她已經喚了將近兩千多萬次的「媽媽」。這麼說來，女孩這輩子喊媽媽到上億遍都不稀奇啊！我有點感慨卻也羨慕地想，她的媽媽真有福氣。

「這種小孩，還是不會說話比較好喔！」安的婆來醫院看孫子，也領教到女孩叫媽媽的執著。

我瞪大眼睛，不可思議地看著她：「媽，你怎麼可以這麼說？」我繼續：「如果有天錫安會講話，會叫我媽媽，即使像她這樣，我還是會很開心很開心啊！」

「可是她一直吵到別人啊！她媽媽看起來也很歹勢。」安的婆被女兒曉以大義，自覺理虧，但她還是得為自己的發言辯護一下。

女孩剛被推出去做檢查。坐在輪椅上，她或許不知道檢查是X光還是抽血，卻意識到大事不妙，急忙抗議。雖然內容應該是「我不想做檢查」或「我要繼續躺在床上」，但她尖叫嘶吼著一連串自己唯一能夠使用的辭彙——「媽、媽、媽、媽！」

經過時，女孩的媽媽給了我們一個抱歉的微笑。

「那如果錫安有天會喊你『阿嬤』，可是像女孩這樣叫不停，人家用很臭的臉看你們，你要怎麼辦？」

我出了個難題，安的婆超級苦惱。她低頭思考了一會兒，還是沒有答案，決定要賴：「哎呦！你不要說我阿孫以後會跟她一樣咧！」

「我知道你會怎麼說。」我胸有成竹，安的婆很好奇：「我會怎麼說？」

「你會說：『阮阿孫叫我阿嬤，是感心欸！你那是聽沒尬意，就去弄壁啦！』」

媽媽一直笑，說她怎麼有可能叫人家去撞牆？這才不是她的風格呢！我也笑個不停，笑到眼淚都飆出來了。

或許是心中累積的憂慮太久太多，滾著悶著，居然熬成了一股笑氣，不知道這能否算作「物極必反」的正向版？母女倆狂笑卻又不敢笑出聲來。壓低聲音憋住氣，噓！媽媽說，你嘜擱笑啊啦！我阿孫嘟架才睏去呢！說完我們又莫名其妙的笑了。

躺在床上的錫安似乎聽到外婆和媽媽的笑聲，翻來覆去，我忍住笑意，趕緊拍拍兒子的肩膀，哄著說，趁現在趕快睡，叫媽媽千遍也不厭倦的姊姊，等一下就要回來了啊！

站在九樓陽台上的女人

她站上九樓的陽台，抱著兒子，想要體會重力加速度的快感。總結心中所有的問題，其實不是憤怒或悲傷，是恐懼。

這一切，得從那一個站在九樓陽台上的女人說起。

那個女人不怕丈夫變心。她對一個月在家不到一星期的丈夫說，如果你外面有人，我們和平分手、好聚好散。人都會變，不能強求永遠；不愛了，我絕對成全，只是拜託你千萬不要強留我幫你燒菜洗衣、為你維持一個家的假象。

那個女人不怕負債貸款。丈夫婚前欠下龐大的卡債，婚後她才發現。沒關係，我們還年輕，她對愧疚的丈夫說，雖然兼差時身體會累一點，接到銀行的電話臉皮得厚一點，只要有能力和體力，不怕還不起，只是時間問題。

那個女人有很多不怕。她相信愛，相信忍耐，相信時間可以沖淡任何眼淚、羞辱和不快。

但是那個下午，站在陽台上，望著襁褓中的嬰兒，她怕，怕極了。

那時候，離診斷確定已經快滿一年。她每天餵兒子吃藥卻不見起色，發作不但沒有減輕還增加，幾乎每兩個月就得住院一回，她心中吶喊著醫院不是我的家！那時候，即使她傷痛依舊，時間上來說，她應該走出最難以承受的初期，必須開始過日子。更何況，安慰的話也有說盡的時候，每個人都有自己的現實要面對，她不能繼續沈淪在情緒中，那將造成別人的負擔，同情也是有極限的。

她開始跑醫院，但兒子的病情每況愈下，腦有問題，皮膚也有病變。她持續餵藥，才發現不僅平常餵癲癇藥辛苦，餵安眠藥更痛苦。

每一個檢查，其實兒子乖乖躺下就好，不一定得處於睡眠狀態。但他聽不懂人話，不願配合，檢查人員決定餵他喝安眠藥。

她不肯。兒子一天吃三次藥，一次吃三至四種藥，他的肝腎負荷量這麼重，還要喝安眠藥？她讓兒子喝奶，希望喝飽後會有睡意。他的確睡著了，只是很淺眠，動來動去，還伸手去扯身上的儀器。

檢查人員有點不悅，抱怨他們浪費時間，堅持要孩子熟睡時才做檢查，她只好妥協，接下安眠藥。

眼看隔壁大概七歲的小男孩，喝下藥的時候五官全皺在一起。她心想大勢不妙，果然兒子嘗了第一滴藥就脹紅臉，氣得眉毛都紫了，嚎啕大哭。

她一手穩住藥杯和滴管，趁兒子張嘴的空檔把藥灌下去，兒子扭頭揮手又踢腳，哭得太用力了，連藥都嗆出來。

兒子終於睡著了，二十分鐘的檢查順利完成，但他卻沒有醒。一小時、兩小時過去了，醫生開始擔心，兒子被移到急診室的兒童病床，身上連接更多儀器好偵測生命跡象。

六個小時以後，兒子終於醒來。「虛驚一場」，護士安慰她。她僵硬的撇了撇嘴角算是笑，心裡擔憂著將來還要面對多少次安眠藥必備的檢查？

她帶兒子嘗試各式療法。腳底按摩、整脊、熬藥還有針灸，尤其針灸。手腳針根本不算什麼，頭皮針、眼針，兒子好像一隻胖胖的小刺蝟。療程需要一個小時，兒子哭到聲音都啞了還能尖叫，她抱著兒子邊唱歌邊晃，繞著診間走，怎麼哄都沒有用。那就讓他哭吧！以為他會因為哭累了而睡著，可惜沒有。

他聲嘶力竭的乾吼，小小的身軀藏著無窮力量，扭動得太厲害，手腳上的針都被他踹掉，只好重新扎針，又是一陣激烈的哀號。

兒子刺耳的哭鬧迴盪在診間，她板起臉，故意忽略旁人深鎖的眉頭。

有次，一位好心的中年婦女走到她身邊，拍拍她的手臂，一字一字大聲且緩慢的說：「小－姐，你－兒－子－在－哭－啊！」

中年婦女大概以為這位母親是聾啞人士，聽不到自己孩子的哭聲，才會面無表情，放任兒子哭到快休克的狀態。

她知道這些都不算什麼，兒子活著已經很好了，應該負起母親的責任，但她總不由自主的想放棄。她知道長期不在家的丈夫是為了賺錢養家，但養育這樣的孩子，該怎麼以「男主外、女主內」來分配？她難以言喻的孤單。

她知道大家都關心母子倆，但每個人都有自己手中的事要忙，她多麼希望自己手中的事不叫「錫安」。她覺得自己可以成就更美好、更榮耀的事，但她被困在「錫安」上，而「錫安」被困在無奈的基因巨輪中，她根本無力對抗，只能跟著被滾進去。

所以，她站上九樓的陽台，抱著兒子，想要體會重力加速度的快感。總結心中所有的問題，其實不是憤怒或悲傷，是恐懼。

她怕孩子這一生就這樣荒廢了，怕還要接踵而至的悲慘，怕她若有一天先走，誰能照顧孩子？怕所有的不測風雲和旦夕禍福，從此都降臨在孩子與她身上。

兒子在她懷中沈沈睡著。風很大，她抱緊兒子，兒子吸了吸鼻子，似乎想打噴嚏，卻因為睡得太熟決定作罷。天上沒有一道光出現安慰她絕望的心房，身旁也沒有蝴蝶飛過提醒她生命的意義。她看著兒子皺起鼻尖的模樣，突然轉念，不想跳了。

然後那天晚上，她寫下離開學生時代後的第一篇文章，成為她部落格的序。

我常想，若我不是媽媽，我會不會讀自己寫的文章？答案是不會，生活已經夠難了，我寧願讀點娛樂性高的作品。

我問自己，若是我有正常的孩子，會不會以母親的心態讀呢？答案也是不會，我會去讀親子教養的書籍，如何去做個傑出或放輕鬆的父母。奔波於工作和家庭，時間不夠分配的情況下，閱讀的投資報酬率必須以實用性來衡量。

然而你們看了。還寫信，寄書、寄卡片給我們，與我分享自己切身的經歷，客氣的提供就醫資料，還註明自己不是詐騙集團。

有的媽媽要女兒站在攝影機前，又唱又跳，錄了二十分鐘的手指謠送給錫安，只因為相信孩子間正面互動的能量。

有的讀者上網幫忙找資料，讀到任何與癲癇或罕病相關的訊息，總會轉寄給我。

謝謝你們，對從未謀面的我們如此用心和付出。即使錫安沒有任何足以被稱讚的才能，連一般孩子應有的功能皆無，我還是謝謝你們無論如何總是說：「錫安好可愛！」

那個站在九樓的女人，抱著孩子回到屋內，關上落地窗，再也不去想縱身一躍的解脫。她面對最深的絕望和恐懼，心理治療似的宣洩，沒有預期，沒有計畫，有時候甚至沒有標點符號，苦了那些讀她的人。

在書寫中，她發現生存的寶貴、困境中仍有恩典和安慰；發現其他努力奮鬥的孩子，越挫越勇的媽媽；還發現世上仍有一小群人，願意體念與己身無關的苦難，雪中送炭。

你們的存在與鼓勵，不僅是讀者與作者的互動，更是可以帶我出死入生的力量。謝謝你們，願你們平安喜樂。

【後記一】我親愛的寶貝

我親愛的寶貝：

你要我為這本書寫些感觸，因我一路伴著你走過來。我曾一再的拒絕，並非怕自己的才識淺薄漏了餡，只因怕回想到你所遭遇的點滴，有如掀開尚未癒合的傷口，我會不捨到無法自已。

若人問我，女兒近五年的日子是怎麼過的？我會毫不遲疑的回答，是以血汗、淚水、苦悶、憂懼、孤獨與疲憊交織的生命絲線，一針一線細細縫織而成。

自從你懷了錫安開始，總為著遠在國外工作的丈夫憂心，為配合他的時間，你犧牲睡眠，在深夜中以長途電話與他聯繫。懷孕的你從未安心熟睡，想必腹中的錫安也同心同命吧！分離兩地的相思雖苦，但你總以為苦盡就甘來了。

經過兩夜的折騰，你產下可愛男嬰，取名錫安，意即「做個得勝者」。從此展開你一個人奔往得勝的路程，那是千辛萬苦、無止境更看不到願景的腳程，你無法回到過往的生活，就如桌上這杯葡萄酒，無法還原成葡萄串，你只能奮力的往前走。

心碎的歷程就此開始。你總是靠在我肩上，哭說著：「媽，我生了一個不健康的小孩。」那哭泣至今猶縈在耳，淚水從你美麗的雙眼流出，我領悟何為柔腸寸斷、心如刀割。唯有緊緊抱著你的雙臂，陪你一同禱告，將所有的委屈告訴父神。

錫安第一次住院，我趕到醫院探望。眼見你和錫安一大一小，擠在一張掛滿儀器的病床上，錫安的小手小腳插著針，每想到此畫面總教我淚流滿腮，我總抑住不哭出聲音來，怕你為我憂心。之後的住院治療、一家又一家大醫院的尋醫、複診，花費的精神與財務不堪計算。從你眼裡，我看不到初為人母的喜悅和滿足，只見你哭腫的雙眼和焦慮。如此悲慘的生活，你獨自扛起，而那位承諾要與你白頭到老的同林鳥，偶爾出現在你和孩子身邊，後來我們才明白，當時他早已飛向另一座林院了。

可是，錫安的狀況沒因你的努力好轉，沒有一個醫生看好他，確定他將來能走路或說話。每看一個診，你就掉一次淚，但還得振作精神，繼續尋求相關科別，再掛診、再洽詢、再行動、再出發，你沒有氣餒和自憐的權利，沒有空閒去思考人生待你公不公平。你總是與時間賽跑，唯恐失去了治療的黃金期，會耽誤孩子發展的每一秒。而我只能以老邁的身軀，偶爾輪班看顧錫安，讓你回家梳洗或歇息片刻。望著病床上的孫子，我向神懇求，讓我的孫子起身，以他的小腳丫跑著撲向我，喊我一聲外婆！

當你為兒子傾倒一切心力，你可知我多麼不捨？自幼你聰慧過人，體貼孝順，美麗大方，我以生你為傲，怎會在出嫁後得受這些苦？怎麼無人願意分擔你的重擔？女兒獨自背負千萬斤重的十字架，我好不甘心。你常會內疚的告訴我，培育你受那麼高的教育，未有多少反哺，卻帶給我許多擔憂。但我卻慶幸你年輕時行萬里路、讀萬卷書，洞悉萬事象，成就了你的悟性與勇於面對事實的勇氣，我心欣慰，了無遺憾。

一年一年過去，你比從前更堅強，滿有毅力的過生活。你不喊苦也不喊累，不求人同情，不去思考臉龐滑落的是淚珠還是汗水，更不敢去想像明天是否會更好。難字不好寫，難關不好過，雖天天難過但也得天天過。你拖著兒子不顧一切的往前衝，不再哭泣，也不逃避錫安的狀況。

而你等候的那人，總以千奇百怪的理由不回家，你孤零零地帶著錫安過活，因此開闢了「錫安與我」這片園地，盼望能在醫療領域上得著更多交流，並無私的分享資訊與自己的生活。

在屬於自己的小小天空裡，人們看見你的禱告或怨懟，感受到從天而來的眷顧和安慰。你道出錫安與你的朝朝暮暮，錫安一日三次的藥瓶藥罐、尋醫旅程，還有錫安以各式各樣的肢體語言作為與你的回應。

他皺著眉頭吃藥，令人愛憐；他舉世無敵的悅耳笑聲，如同啜飲一口咖啡配上蛋糕那般甜美；他第一次自己拿湯匙吃飯，咀嚼的可愛模樣讓我看了都要流口水。

字字句句裡，我們陪著錫安長大，彷彿觸摸到你的笑與淚滴，讀你的人無不心疼，更是為你們向上蒼祈求祝福。在部落格，你遇見了鼓勵你的天使們，真要謝謝他們的不離不棄，伴你和錫安直到如今。

想必主宰天地的父神聽到了眾人的代禱，錫安在三歲時終於會走路了，現在甚至能跑能跳，打碎了「終生癱瘓」的診斷。

他的行走，是你的心力交瘁所換來的，原本應當舉家歡騰，但走呀走的，你竟帶著錫安，遍體鱗傷的回到了我們身邊！我心中雖有萬般心疼和忿怒，罷了，一切交由公義的神來定奪，我和爸爸的雙臂為你與錫安展開，房裡的棉被永遠是暖和乾淨的，寶貝，回來就好，你們回來就好。

錫安就快滿五歲了，雖仍有漫長的治療和復健在前頭等著你們，想必那些折磨再也擊不倒你，再多的驚嚇也打不垮你了。

過去的年月裡，我不得不對你另眼相看，你有如金子越煉越亮、越燒越純淨，你已躍過種種障礙，媽媽何等安慰。今後，不再是你和錫安孤單度日，拭去你臉上的淚痕，展開自信的笑靨，邁開腳步踏上全新的人生，朝著得勝的方向，那裡有你該得的獎賞。

看吧！這些年來以血汗、淚水、苦悶、憂懼、孤獨與疲憊交織的生命絲線，雖似亂象迷濛，翻開這畫布的正面，細看之下，竟是一幅最完美燦麗的圖畫。

讓我們再次彼此提醒，最惡劣的境遇已攜手走過，擁抱的感覺如此溫暖又踏實。讓我們再說一次，錫安是父神賜予我們家最棒的禮物，他是咱們家的寶貝，就像你是我的心肝寶貝一樣。有你、有錫安，媽媽今生不枉然。

女兒，辛苦了，媽媽愛你，直到那日。

愛你的媽媽

【後記二】待續

「第一次帶他回家見父母，他從遙遠的地方飛來，我到機場接他再轉搭客運，一路上與他沙盤推演該講與不該講的話、行為舉止應當如何才算得體。下車後，他趕緊到鄰近百貨公司的男廁裡換上正式的衣服，緊張得像個小男孩。

晚餐中，大家相談甚歡。我想，爸爸媽媽對他還算滿意吧！結束後，他幫忙收拾餐桌，為要討將來丈母娘的喜悅。我看著他和媽媽笑著、聊著，不知道在說些什麼。

他只在台灣停留三天便離開了，我們都覺得這第一次的會面還算成功，我也沒聽見爸媽對他有負面的印象。

幾個星期之後的一個晚上，媽媽把我叫到跟前，語重心長的說：「女兒，不是我要澆冷水，但是你知道他家人的情況嗎？若是你決定要跟他在一起，你們的孩子可能沒事，可能也有風險，你要不要再考慮看看？」

我其實不知道他家人的狀況，聽媽媽這麼說，我的腦中一片空白。

八個月之後，我們結婚了。做出與他一同生活的決定，不是因為優良的基因，無病的遺傳，而是因為愛。然而，前頭有更長的路要走，我們的愛，即將被許多的試煉來經過。」

這是我成為錫安的媽媽之後，第一次提筆寫下的短文，也成了部落格的自序。一個又一個的試煉來了又去、去了再來，這次剩下的，只有錫安與我。

出版社聯絡上我時，正是我人生最低潮的階段。那陣子，想起所經歷的，我常常悲極生笑，覺得自己根本有如家庭倫理大悲劇中的女主角。我帶著兒子搬家遷徙，重新為他找醫院、學校，自己四處面試，應徵工作，從頭開始過著單親媽媽的生活。每一步，都痛徹心扉。

因此那個充滿歡樂的下午，顯得彌足珍貴。和主編通過電話後，媽媽正在洗手間，我猛敲門，表示急事相告，她要我在門外說就好。我不肯，一定要面對面正式告訴她。等到媽媽一開門，我衝進去，宣布即將出書的好消息，母女倆在馬桶旁興奮的抱滿懷，媽媽淚流不止的說：「女兒，你一定會否極泰來，一定會的……」

我抱著她，也哭，邊哭邊問：「媽，你剛剛上廁所洗手了沒啊？」

她破涕為笑，嗔我剛剛就這麼衝進去，害她來不及洗。等她洗好手，我們又哭又笑的再抱一回。

試煉經過，我們懦弱、膽怯，甚至倒下，人生難免。但至少，讓我們對自己和他人誠實，對所當做的，盡力而為。陪伴錫安的過程，我憂鬱、憤怒，三溫暖還不足以形容我的情緒，雲霄飛車是最適當的比喻。但我也從兒子身上深切明白，活著就有轉機，小於性命的事都沒什麼大不了，哭一場、罵一架、倒頭大睡一頓，讓時間帶走那些過不去的。黑夜白晝輪替，萬物如此滋長，歡笑淚水交織，生命因此成熟。

這幾年的書寫收穫超乎我意料。起初我連標點符號都來不及找，只埋頭打字，想發洩什麼就寫什麼，大悲大憤，管不了別人怎麼想。寫著寫著，我察覺比我們辛苦的人實在太多了，想為兒子，也為同樣狀況的孩子們留下些什麼，於是我開始打起標點符號，為了讓世人看見他們奮鬥的片段。寫著寫著，我結識許多辛苦的母親，關懷弱勢的朋友，那些善待我們的，我滿心感激；偶有路見不平，我義憤填膺。筆調起伏之大，讓主編純玲適應不來，怎麼上一秒母親像月亮般婉約溫柔，下一秒俠女滿天飛的猛烈炮轟？這居然還是同一個人寫的文章？

寫著寫著，原是醫生口中終生無法行走的兒子，從爬到站，向我走來，讓我在有生之年見證了第一個奇蹟。

我曾問主編，特殊兒的生活不被歸類於正統的親子教養叢書；而錫安尚未成就完美的結局，更沒有人敢保證我們這一齣能否圓滿收場，一切待續的故事似乎搆不上感人勵志，這書，該怎麼賣？修稿工作逼得我不得不回顧這幾年與錫安的歷程，像是在讀別人的故事，我時而胸口發悶，時而激動掉淚，忘了自己曾經如何帶兒子走過那一段歲月。

感謝造物主奇妙的帶領，在這個時期把出書的工作賜給我，好提醒我，只要願意，沒有什麼傷痛走不過去，求生的意志能勝過最殘酷的苦難。而即使完美結局無從得知，待續本身就是一種祝福、一個機會，只要人生還沒有走到盡頭，就有逆轉局勢的希望。

末了，我要把這本小書獻給我的父母。沒有他們毫無保留的付出，我無從得知何為愛，更無法承擔錫安媽媽的重責。

謝謝他們山高海深的愛，在我當初傷心寫出「自序」時支持我，如今孤單寫下「待續」時陪伴我。爸爸媽媽，我愛你們。

國家圖書館預行編目資料

30年的準備，只為你／卓曉然著. --初版. --臺
北市:寶瓶文化, 2011. 04
面； 公分. --(vision；97)
ISBN 978-986-6249-48-8（平裝）

855 100006888

vision 097

30年的準備，只為你

作者／卓曉然

發行人／張寶琴
社長兼總編輯／朱亞君
主編／張純玲・簡伊玲
編輯／禹鐘月
美術主編／林慧雯
校對／張純玲・陳佩伶・呂佳真
業務經理／李婉婷
企劃專員／林歆婕
財務主任／歐素琪　業務專員／林裕翔
出版者／寶瓶文化事業股份有限公司
地址／台北市110信義區基隆路一段180號8樓
電話／(02)27494988　傳真／(02)27495072
郵政劃撥／19446403　寶瓶文化事業股份有限公司
印刷廠／世和印製企業有限公司
總經銷／大和書報圖書股份有限公司　電話／(02)89902588
地址／新北市五股工業區五工五路2號　傳真／(02)22997900
E-mail／aquarius@udngroup.com

法律顧問／理律法律事務所陳長文律師、蔣大中律師
如有破損或裝訂錯誤，請寄回本公司更換
著作完成日期／二〇一一年一月
初版一刷日期／二〇一一年四月二十七日
初版九+刷日期／二〇一六年六月四日
ISBN／978-986-6249-48-8
定價／二八〇元

AQUARIUS 寶瓶文化事業

愛書人卡

感謝您熱心的為我們填寫，
對您的意見，我們會認真的加以參考，
希望寶瓶文化推出的每一本書，都能得到您的肯定與永遠的支持。

系列：vision 097　**書名：30年的準備，只為你**

1. 姓名：＿＿＿＿＿＿　性別：□男　□女
2. 生日：＿＿年＿＿月＿＿日
3. 教育程度：□大學以上　□大學　□專科　□高中、高職　□高中職以下
4. 職業：＿＿＿＿＿＿
5. 聯絡地址：＿＿＿＿＿＿＿＿＿＿＿＿

   聯絡電話：＿＿＿＿＿＿　手機：＿＿＿＿＿＿
6. E-mail信箱：＿＿＿＿＿＿＿＿

   □同意　□不同意　免費獲得寶瓶文化叢書訊息
7. 購買日期：＿＿年＿＿月＿＿日
8. 您得知本書的管道：□報紙／雜誌　□電視／電台　□親友介紹　□逛書店　□網路

   □傳單／海報　□廣告　□其他
9. 您在哪裡買到本書：□書店，店名＿＿＿＿　□劃撥　□現場活動　□贈書

   □網路購書，網站名稱：＿＿＿＿　□其他＿＿＿＿
10. 對本書的建議：（請填代號　1. 滿意　2. 尚可　3. 再改進，請提供意見）

    內容：＿＿＿＿＿＿

    封面：＿＿＿＿＿＿

    編排：＿＿＿＿＿＿

    其他：＿＿＿＿＿＿

    綜合意見：＿＿＿＿＿＿＿＿＿＿＿＿
11. 希望我們未來出版哪一類的書籍：＿＿＿＿＿＿＿＿

讓文字與書寫的聲音大鳴大放

寶瓶文化事業股份有限公司

（請沿此虛線剪下）

廣 告 回 函
北區郵政管理局登記
證北台字15345號
免貼郵票

寶瓶文化事業股份有限公司收

110台北市信義區基隆路一段180號8樓

8F,180 KEELUNG RD.,SEC.1,

TAIPEI.(110)TAIWAN R.O.C.

（請沿虛線對折後寄回，謝謝）